LES LOUVES

BOILEAU-NARCEJAC

LES LOUVES

FRANCE LOISIRS
123 Bld de Grenelle - Paris

Édition du Club France Loisirs, Paris,
avec l'autorisation des Éditions Denoël

ISBN 2-7242-1474-9

CHAPITRE PREMIER

« Maintenant, dit Bernard, nous sommes tirés d'affaire. »

Les roues du wagon martelaient des aiguilles ; les cloisons de bois grinçaient ; le sac de pommes de terre auquel je m'adossais — depuis combien d'heures ! — m'enfonçait un peu plus profondément dans les côtes, dans les reins, chacune de ses bosses ; le courant d'air qui soufflait du toit crevé sentait le mouillé, la vapeur grasse des machines sous pression qu'on entendait souffler, çà et là, à contre-voie, parmi les chocs répercutés des tampons. Je me levai, à mon tour, le corps affreusement noué ; une secousse me jeta sur les sacs mais la main puissante de Bernard me remit debout.

« Regarde, cria-t-il. C'est La Guillotière.

— La Guillotière ou autre chose.

— Je suis sûr que c'est La Guillotière ! »

J'approchai mon visage du judas mais ne vis que des silhouettes de wagons, de blêmes fumées éparses, et les étoiles vertes et rouges des sémaphores. Bernard rapprocha sa tête de la mienne.

« Ça va ?... Pas trop fatigué ?

— Je n'en peux plus.

— Je t'aiderai.

— Non.

— Hélène habite tout près.

— Inutile.

— Gervais, mon vieux, ne commence pas à faire l'idiot.

— J'ai réfléchi, dis-je. Je ne veux pas t'encombrer plus longtemps. Je trouverai bien un autre wagon, pour le sud, Marseille, Toulon, peu importe... Je me débrouillerai toujours.

— Attention !... Un train militaire ! »

Nous roulions de plus en plus lentement, le long d'une rame qui renvoyait, comme un talus, le fracas de notre convoi. Je devinais, sous leurs bâches, les canons entravés comme des bêtes ; puis des chars défilèrent, accroupis sur de longues plates-formes. Un instant, je souhaitai que notre train s'arrêtât. Bernard ne pourrait pas sortir ! Bernard ne pourrait pas rejoindre Hélène ! Bernard ne pourrait plus parler de sa chance ! Ah ! ce que j'en avais assez, du bonheur de Bernard ! Depuis le début de la drôle de guerre, et surtout depuis que nous vivions côte à côte, dans l'atroce intimité du stalag, Bernard m'étouffait de son amitié exubérante et chaleureuse. « T'es pire qu'un curé ! », plaisantaient parfois les copains. Mais moi, je n'avais pas le droit de regimber parce qu'il avait décidé, une fois pour toutes, que j'étais son ami, parce qu'il m'avait choisi pour me raconter sa vie et il me l'avait racontée à peu près tous les soirs, ajoutant, après chaque confidence : « Tu me comprends, toi ! Heureusement que tu es là, Gervais ! » Il m'avait nourri de ses colis, sous prétexte que je n'en recevais jamais. D'autorité, il me glissait dans les poches des cigarettes, du chocolat. Pendant deux ans, je n'avais pas eu deux heures pour me cacher dans un coin et m'y saouler de solitude. Je fumais le tabac de Bernard ; je portais les caleçons de Bernard ; j'étais prisonnier de Bernard. Et quand Bernard s'était évadé, bien entendu, il m'avait emmené. « Avec moi, tu n'as rien à craindre, mon petit Gervais ! » Le plus fort, c'est qu'il avait dit vrai. Nous avions traversé la moitié de l'Allemagne, en plein hiver, franchi la frontière, sans la moindre anicroche. Et maintenant, nous arrivions à Lyon, sales, barbus, dépenaillés comme des clochards, mais saufs. Et Bernard triomphait. Et moi...

Je m'assis sur un sac, fouillai dans ma poche, d'un geste machinal. Mais nous avions fumé depuis longtemps nos dernières cigarettes. Je grattai quelques brins de tabac que je me mis à sucer, tandis que le wagon écrasait une plaque tournante. J'apercevais très confusément le visage de Bernard, qui oscillait au bord de la lucarne. Etait-ce possible ? Allions-nous vraiment nous séparer ? Allais-je enfin avoir le courage de vivre seul, de mon côté, comme un homme ?

« Viens voir ! » cria Bernard.

Je me levai, sans discuter.

« Regarde... C'est Lyon. »

Nous avions dépassé le train d'artillerie et nous roulions au pas dans une obscurité humide. Les bruits portaient loin, se doublaient d'un faible écho, en contrebas.

« Nous devons passer sur le boulevard Jean-Jaurès », expliqua Bernard.

Je connaissais les moindres inflexions de sa voix et il ne m'était pas difficile de sentir la joie dont il débordait.

« Gervais, reprit-il, pas de blague. Tu m'accompagnes, hein ?

— Non.

— Mais, tête de pioche, tu te feras prendre avant la fin de la nuit, tel que je te connais !

— Je suis moins débrouillard que toi, mais je t'assure que je m'en sortirai.

— Ecoute, Gervais, ce n'est pas maintenant que... »

Allons, une fois encore, j'avais droit au prêche. Je ne l'écoutais pas ; je pensais à Hélène, si proche. Je n'avais jamais cessé, en vérité, de penser à elle. Depuis le début ! Depuis que Bernard avait commencé à me raconter... Hélène était une marraine de guerre parmi d'autres. Bernard aurait pu tomber sur une imbécile au grand cœur. Mais non ! Sa chance, une fois encore, l'avait servi. A la loterie des marraines, il avait tiré le numéro gagnant. Hélène était fine, sensible, cultivée. Je le savais puisque Bernard me faisait lire toutes ses lettres. Et, quand il répondait à Hélène, il me consultait sur chaque mot. « Est-ce que tu mettrais cela, toi ? Est-ce que ça peut se dire ? » Pauvre vieux Bernard, qui souffrait de n'être pas instruit, qui craignait toujours d'être ridicule. Et qui l'était, mais d'une manière telle qu'on ne pouvait l'envoyer promener. Il m'entraînait, parfois, derrière les baraques, pour échapper un moment aux vociférations de la chambrée, aux querelles des coincheurs. « C'est très délicat, murmurait-il. Moi, je gagne bien ma vie, d'accord. Mais je ne suis pas de son monde, je m'en rends bien compte. Ce qu'il lui aurait fallu, c'est un type comme toi, artiste et tout. Alors, pour lui faire comprendre que je l'aime... Toi, comment t'y prendrais-tu ?

— Je lui avouerais carrément mes sentiments.

— Mais je voudrais que ce soit joli.

— Tu sais, l'amour, c'est plutôt grotesque. »

J'étais sûr de le mettre hors de lui. Il s'en allait, donnait de grands coups de pied dans la neige, mais, dès qu'il me voyait, peinant sur des frusques à raccommoder ou du linge à laver : « Passe-moi ça, disait-il. Bougre de bon à rien ! Je me demande ce qu'on vous a appris, dans vos écoles ! » Il était merveilleusement doué pour survivre et n'avait pas son pareil pour transformer les boîtes à conserves, les emballages de carton, les épaves traînant dans la baraque, en objets de première nécessité. Sa colère tombée, il tournait autour de moi.

« Tu veux encore me parler d'Hélène ?

— Juste un petit renseignement, suppliait-il. Dans sa dernière lettre... »

Hélène était devenue notre obsession. Combien de fois Bernard avait-il pu me montrer la mauvaise photographie qu'elle lui avait envoyée, juste avant la débâcle, et qui se salissait un peu plus chaque jour dans son portefeuille ; nous restions penchés, épaule contre épaule, essayant de déchiffrer le petit visage brouillé, blanchâtre, aux cheveux roulés en chignon sur la nuque. Les yeux sombres n'exprimaient rien que l'ennui, sans doute, de garder la pose, mais ils nous paraissaient, tour à tour, tendres, mystérieux, inquiets, langoureux. « Je la vois grande, affirmait Bernard, avec un air d'institutrice, mais pas trop. » Car il y avait pour lui trois genres de femmes, les putains, les institutrices, c'est-à-dire les femmes sérieuses qui ne tolèrent aucune privauté, et les « dames de la haute », catégorie comprenant aussi bien les stars que les princesses. Et il formait des projets, il vendait sa scierie, achetait une autre affaire, à Lyon, il ne savait pas encore laquelle, tout dépendrait des goûts d'Hélène. « D'après le quartier qu'elle habite, tu comprends, elle a la grosse galette. Le quartier d'Ainay, c'est un coin de calotins, avec de vieux appartements du tonnerre. Tout ça, c'est soyeux et compagnie ! » Par jeu — et, qui sait, peut-être par jalousie — je multipliais les objections, mais il avait tout prévu : oui, il irait à la messe autant qu'il serait nécessaire ; oui, il serait patient avec la famille d'Hélène, d'autant qu'elle n'était pas si nombreuse, oui... Et puis il explosait tout à coup, devenait cramoisi : « Je ne suis tout de même pas un gars de l'Assistance, non ! Je suis peut-être plus riche qu'eux, tu entends, et quand j'aurai hérité de mon oncle, je pourrai acheter non seulement leur maison, mais toute leur rue, si ça me chante ! »

J'insistais, d'une voix sérieuse :

« Tu as tort de te monter la tête... Après tout, tu supposes qu'elle t'aime, mais tu n'en es pas sûr. Elle n'a même pas reçu tes photos. Elle t'écrit gentiment, c'est normal. Tu es prisonnier, malheureux ; elle doit te rendre courage... »

Bernard réfléchissait.

« Elle me dit qu'elle pense beaucoup à moi. Ce n'est pas une menteuse. Et toutes ces questions qu'elle me pose, sur ma vie, sur mes occupations, sur mes goûts, hein, c'est assez clair. »

Pourtant, mes insinuations faisaient en lui leur chemin, et l'incertitude l'empoisonnait, lui qui était habitué à prendre des décisions rapides. A mots couverts, il laissa entendre à Hélène qu'il irait peut-être la voir bientôt, qu'il supportait de plus en plus mal leur séparation, et je devinai vite où il voulait en venir, puisque c'était moi qui devais, comme il le disait naïvement, mettre un peu de littérature autour de sa prose. Il développa son projet, par un glacial matin de janvier, alors que nous rentrions d'une corvée.

« J'ai fait passer une lettre à l'Allemand dont je t'ai parlé. Je lui vendais, avant la guerre, du bois pour les mines. Un type bien. Il va nous faire partir... »

Effrayé, j'essayai de lui montrer les énormes difficultés d'une évasion, les risques terribles que nous allions courir.

« J'ai ça », dit-il en frappant sur son portefeuille.

Ça, c'était son talisman. Etrange Bernard, qui avait, dans son corps d'athlète, un cœur d'enfant. Le talisman lui venait de l'oncle Charles, ce vieil oncle très riche qui vivait en Afrique. Etait-ce un bijou indigène, une médaille pieuse donnée par quelque missionnaire ? J'avais souvent tenu l'objet dans ma main, pendant que Bernard me racontait, une fois de plus, comment son oncle, en 1915, avait été frappé d'une balle qui s'était écrasée sur la pièce de métal. J'avoue que le fétiche était assez fascinant : il semblait avoir été calciné et ressemblait à une de ces monnaies romaines découvertes à Pompéi. C'était un disque, au contour irrégulier et grumeleux, sur lequel on croyait déchiffrer une inscription à demi effacée. Le revers portait un profil très vague, peut-être celui d'un oiseau. Bernard prétendait que, grâce à ce talisman, il avait traversé les pires coups durs sans une égratignure. Je le laissais parler, toujours agacé par ce mot : talisman, qu'il employait avec complaisance. Les mots emphatiques lui plaisaient, la verroterie des magazines à gros tirage. Cependant, j'aimais le poids de l'objet dans ma main, sa surface rêche et fumeuse où l'on pouvait apercevoir, à son gré, toutes les formes de la bonne et de la mauvaise chance. J'avais offert à Bernard de lui acheter la pièce, et n'avais réussi qu'à l'offenser.

« Jamais je ne m'en séparerai, mon vieux. Tu penses ! C'est peut-être à cause de ça que j'ai rencontré Hélène.

— Tu deviens gâteux.

— Possible, mais j'y tiens plus qu'à ma peau. »

Le wagon s'arrêta et un coup de vent dispersa des gouttes de pluie à travers le judas.

« Alors ? Tu roupilles ? » dit Bernard.

J'écarquillai les yeux. La nuit roulait ses masses d'ombre. La pluie cingla le flanc du wagon.

« Epatant ! reprit Bernard. On ne rencontrera personne. Juste le talus à dévaler. Après, on traverse le Rhône, on attrape la place Carnot et le quai de la Saône. La rue Bourgelat est tout de suite à droite. C'est le second immeuble. L'appartement est au troisième. »

Un fracas de tampons courut le long du train et une violente secousse nous jeta sur les sacs.

« Ils nous refoulent sur une voie de garage », expliqua Bernard.

Le wagon, en effet, partait dans l'autre sens et recommençait à gémir, d'aiguille en aiguille. J'étais affreusement las. J'avais froid, j'avais faim. Je commençais à me haïr.

« Elle nous attend tous les deux, dit Bernard. Tu ne peux pas lui faire ça.

— Tu sais, les politesses...

— Mais moi, tu me laisserais tomber ?

— Je voudrais dormir.

— Tu ne réponds pas à ma question.

— Bon, bon. Ça va... J'irai avec toi.

— Tu as peur ?

— Non.

— Tu sais bien que tu n'as pas à avoir peur. »

Je me sentais devenir enragé. J'enfouis ma tête dans mon bras replié, j'essayai de ne plus rien entendre ; le silence, bon Dieu, le silence ! Ne plus parler. Ne plus lutter. Mais le wagon ferraillait lentement, ses portes vibraient, ses planches craquaient ; la voix de Bernard bourdonnait toujours. Je tâchais de former une pensée claire, de me représenter froidement la situation, mais j'étais dominé, aveuglé, par le désir de quitter Bernard, coûte que coûte. J'étais affaibli par un jeûne qui avait ruiné mes forces, et incapable d'agir comme un être raisonnable. Insensiblement, comme à bout d'élan, le train ralentit puis stoppa. Au loin, une locomotive soufflait bruyamment, puis des hommes passèrent ; leurs semelles écrasaient du mâchefer ; ensuite il n'y eut que le vent ; il soufflait au judas une poussière d'eau, sifflait aux joints des portes à glissières et, parfois, rabattait sur nous, étonnamment proche et clair, le bruit d'un jet de vapeur. Et soudain nous entendîmes une horloge sonner quelque part. Je me relevai et me suspendis à la lucarne. C'était donc vrai. Il y avait donc, au fond de tout ce noir gluant, une vraie ville ? A droite un second clocher s'éveilla ; les sons se perdaient dans la pluie, reprenaient leur essor, filaient sous le ciel invisible, raflés par le vent de février qui me brûlait les yeux.

« Onze heures, murmura Bernard. Je ne sais à quelle heure est le couvre-feu, mais il va falloir faire vinaigre. Pas le moment de tomber sur une patrouille ! »

Il se frottait les mains, confiant, solide, et je croyais voir son visage, malgré la nuit, ses dents éclatantes, ses yeux chauds, son nez charnu, gourmand, et ses deux petites verrues, tout près de l'oreille gauche. Non, je n'allais pas avoir la force de me séparer de Bernard. Je l'aimais avec irritation mais je l'aimais. Trop d'habitudes nous liaient l'un à l'autre.

« Bernard !...

— Tais-toi. J'ouvre la porte. »

J'entendis craquer son épaule et la pluie m'inonda. J'aperçus quelque chose de blanchâtre, qui devait être la fumée de notre machine, puis je distinguai, sous une longue visière de métal, l'œil rouge d'un signal.

« Je descends, chuchota Bernard. Tu n'auras qu'à t'asseoir au bord du wagon. Je te tiendrai. »

Il sauta et ses godillots firent rouler des cailloux. Je

tâtonnai, cherchant à situer la porte, le vide obscur. Une main me saisit la jambe.

« Laisse-toi glisser. »

Il me reçut contre lui, me tapa sur l'épaule, plusieurs fois, gentiment.

« T'as besoin de te remplumer, mon pauvre vieux. Tu ne pèses pas plus qu'un duvet.

— Bernard !... Je voudrais...

— Ta gueule ! Tu feras ton discours à la maison. »

Ce mot ranima sur-le-champ ma rancune. La maison ! Il avait déjà pris possession de tout, d'Hélène, de l'immeuble, des souvenirs de famille. Dans deux jours, il déciderait de notre avenir à tous, et sa bonne humeur emporterait nos réserves et nos réticences, et je me traiterais, une fois de plus, de poule mouillée.

« Ecoute, Bernard !

— Fais attention où tu marches. »

Nous nous éloignâmes du wagon ; le signal rouge nous aidait, comme une présence amie, mais il disparut bientôt derrière nous et nous fûmes seuls, parmi les rails enchevêtrés et les rames immobiles. Le crachin voltigeait, semblable à une nuée d'insectes qui fourmillait sur nos joues, autour de nos oreilles, et il feutrait les bruits, en modifiait la direction, si bien qu'une angoisse impossible à maîtriser alourdit mes pas.

« Qu'est-ce que tu as ?

— Nous sommes en plein triage, murmurai-je.

— Bien sûr. »

Il continua, et je me dépêchai pour ne pas le perdre. Entre les nuées voyageuses, le décor apparaissait en traits sommaires : lacis luisant de rails, sémaphores esquissés au fusain, îlots obscurs de wagons. De temps en temps, une aiguille claquait, comme un piège qui se referme, et l'on entendait un roulement éloigné, un rythme clair de roues qui se perdait dans la distance. Au moment où nous contournions un fourgon, au bout d'une file, je butai contre le bras tendu de Bernard.

« Attention ! »

Une ombre glissa devant nous, avec une lenteur redoutable, continua sa course silencieuse qui semblait presque à bout d'élan et s'éloigna, fondit dans le gris où, brutalement, éclata un choc de tampons.

« Eh bien, dit calmement Bernard, un pas de plus... Heureusement que j'ai... Nom de Dieu ! Je crois que... »

Je sentis qu'il se fouillait.

« Gervais ! Ma médaille... Je l'ai perdue... Je l'avais encore hier soir, j'en suis sûr. Je l'ai touchée... Il ne manquait plus que ça. »

Il s'affolait, tâtant ses poches, fébrile, monologuant d'une voix où perçait la détresse. « Elle n'a pas pu glisser... J'ai tout le temps gardé ma veste... Non, ce matin, je l'ai enlevée... Pas croyable... »

Soudain, il prit sa décision.

« Gervais, tu vas m'attendre ici. Il faut que je retourne au wagon.

— Tu es fou !

— Je retrouverai le chemin, n'aie pas peur. Et puis, quoi, je n'ai pas le choix. Tu ne voudrais tout de même pas que... Un truc qui m'a sauvé la vie... Ne bouge pas d'ici.

— Bernard ! »

Il était parti ; il courait ; je ne le voyais plus. J'étais tout à coup comme un enfant abandonné. Jamais Bernard ne pourrait me rejoindre.

« Bernard ! »

Il allait forcément s'égarer. Je m'élançai en trébuchant derrière lui. J'avais trop peur, tout seul, à l'angle de ce wagon qui allait, je le sentais, se mettre en marche à son tour. Bernard n'était pas très loin de moi, mais il était agile.

« Bernard... attends-moi ! »

Il ne m'entendait pas, sautant de traverse en traverse. J'étais déjà hors de souffle. Une locomotive de manœuvre coupa devant nous, dans un fracas de bielles, de roues, de vapeur, et le sol trembla, la pluie tourbillonna, happée par l'énorme machine rougeoyante qui déversa sur moi une pluie de gouttes tièdes. J'aperçus de nouveau la silhouette de Bernard et je dus ralentir, avancer en levant haut les pieds, prisonnier d'un nœud de rails, de contre-rails, de pointes de cœur sur lesquels les souliers dérapaient comme sur un chemin verglacé. J'eus le pressentiment de ce qui allait arriver.

« Bernard ! Reviens ! »

Nous étions à un carrefour de voies qui brillaient sournoisement comme une vaste rosace guidant au cœur de la nuit les convois véloces. Je vis deux wagons qui dérivaient vers nous, changeaient de direction plusieurs fois comme pour mieux nous atteindre. Immobile, les bras tendus devant moi, je ne bougeais plus, semblable à un gibier forcé. Ils défilèrent à me toucher, mortellement lourds, choisissant leur chemin dans le dédale de fer. A l'intérieur, des bêtes respiraient, frappaient le plancher d'un sabot languissant. Le cri de Bernard m'atteignit comme une lame, suspendit ma respiration. Les wagons n'en finissaient plus de passer ; ils s'éloignèrent enfin, balançant leurs chaînes d'attelage, et je distinguai, un peu plus loin, un container qui glissait avec le moelleux d'un chaland sur une eau lisse. Au vol, j'enregistrai une inscription en lettres claires, immenses : AMBERIEUX-MARSEILLE. Bernard gémissait et je le cherchais, entre les rails, la tête perdue. Je butais ; je trébuchais. A la fin, j'avançai à quatre pattes, palpant les traverses. Je sursautai quand ma main trouva son corps.

« Bernard... Mon vieux...

— Je suis foutu, haleta Bernard... Ma jambe... L'hémorragie...

— Je vais chercher du secours.

— Pour qu'ils te remettent la main dessus... Laisse-moi... Prends mon portefeuille, mes papiers, tout... Va là-bas, elle te cachera... »

Il dut perdre connaissance un court instant. Agenouillé dans les cailloux, je tenais sa main. Je n'avais jamais imaginé qu'on pût être aussi malheureux. Des wagons, par deux, par trois, ou solitaires, roulaient à droite, à gauche, et j'aurais voulu en voir surgir un, au-dessus de moi, m'apportant l'oubli et le repos.

« Attention aux patrouilles, balbutia Bernard... Ne cours pas... Ils te tireraient dessus... Tu diras à Hélène... »

Il poussa une sorte de grognement et je compris que c'était fini, que j'étais, désormais, exposé à tous les dangers, sans protection, sans appui. Privé de Bernard, je n'avais plus qu'à me livrer. J'étais incapable de me tirer d'affaire. Je fouillai le corps chaud de Bernard, vidai ses poches. Qu'est-ce que je dirais à Hélène ? Si je lui avouais la vérité, elle me jetterait à la porte. Il n'y avait plus d'issue. Je pris son portefeuille en tremblant. Les pierres meurtrissaient affreusement mes genoux. Je me relevai. Adieu, Bernard !

J'essuyai mon visage, mouillé de crachin et de larmes, et fis mes premiers pas d'homme seul, d'homme libre. Je les fis dans l'angoisse. Je savais que la peur ne me lâcherait plus. Je tournai la tête. On ne voyait de Bernard qu'un petit tas sombre, entre les voies ; le trafic continuait ; les roues écrasaient les aiguilles, autour de lui, grinçaient sur les contre-rails, martelaient à l'infini la plaine de métal. Je partis, en courbant le dos comme sous un feu de mitrailleuses. Je serrai dans mon poing le portefeuille de Bernard. Il me semblait que j'avais détroussé son cadavre.

CHAPITRE II

Je réussis à sortir du triage et pris pied sur un chemin détrempé où je m'arrêtai un instant, pour essayer de m'orienter. Au stalag, Bernard avait souvent dessiné, à grands traits, un plan de Lyon, où il avait autrefois passé, et je me représentais tant bien que mal une ville immense, en partie coincée, tassée entre Saône et Rhône, comme entre les branches d'un Y. Je devais errer quelque part, à l'extérieur de l'Y, non loin de la gare de Perrache. Mais où était la gare ? Devant, derrière ? Je ne savais quel parti prendre lorsque j'entendis, très loin, bâillonnée par le vent et la brume, la voix creuse d'un haut-parleur. Il y avait, là-bas, des vivants, les habitants d'un autre monde, chaudement vêtus, bien pourvus d'argent ; ils allaient monter dans un train rapide, dormir paisiblement et, quand ils s'éveilleraient, ils découvriraient la Méditerranée jouant sur des plages blondes. Je gémis de fatigue et de découragement. J'étais, moi, un réprouvé, depuis toujours, une âme à demi morte, égarée dans ces limbes, dans cet instable univers de vent et d'eau. Jamais je ne toucherais au port. Pourtant, je me remis en marche, abruti de désespoir, sans même dissimuler le bruit de mes pas.

Le chemin était étroit. A gauche, il y avait un

ballast dont je sentais, parfois, les cailloux rouler sous mes semelles ; à droite, se creusait un vide dont je me tenais éloigné le plus possible. Cependant, le salut était là ; en bas du talus, très certainement, s'étendait une rue. Je sondais les ténèbres, craignant de tomber sur quelque palissade aux pieux aigus. Autour de moi, la pluie grésillait doucement ; une de ces petites pluies obstinées qui sont comme l'image du Mal. Je songeais au temps où j'hésitais un quart d'heure avant de choisir une cravate ; maintenant, j'étais un clochard famélique et il me venait comme un appétit de souffrir encore, de souffrir davantage pour narguer mon passé. Du bout du soulier, je tâtai la pente ; elle était rapide, mais en me laissant glisser sur les reins ?... Je m'assis dans la terre molle et, freinant des talons, commençai à descendre. Mes craintes avaient été vaines. Je parvins en bas sans accident. La frontière était franchie. Je marchais sur du pavé. J'étais dans la ville.

Une ville déserte, noire, silencieuse, où couraient des ruisseaux débordés, où claquait parfois un volet. Mes pas résonnaient entre d'invisibles façades. Je me traînais, comme un insecte dans une plaine jonchée de pierres. Je butai dans un trottoir et trouvai, à ma droite, un mur. Il n'y avait plus qu'à cheminer, patiemment, tant que mes jambes me porteraient, tant que le mur me guiderait. Ce mur était troué de vides au fond desquels se cachaient des portes closes ; ma main effleurait des fenêtres aux volets joints, ou bien des rideaux de fer ; mes doigts s'échauffaient en glissant sur le ciment gras, palpaient de loin en loin la pâte délavée d'une affiche. Puis le mur s'arrêtait. J'avançais avec méfiance, le mollet raide, cherchant le bord du trottoir. Je traversais le carrefour, et, de l'autre côté, paumes en avant, j'allais justement à la rencontre des maisons. L'eau des ruisseaux submergeait mes souliers, au passage. Les toits lâchaient sur mes épaules d'énormes gouttes qui claquaient sur l'étoffe gorgée puis poussaient jusqu'à ma peau une humidité glacée. Mais j'avais dépassé depuis longtemps le point d'anxiété où l'on commence à craindre pour sa santé ou pour sa vie. Je m'enfonçais dans ma détresse avec une sorte d'émerveillement incrédule. Des cloches sonnèrent une demie. La demie de quelle heure ? J'allais devenir, dans quelques instants, un gibier désigné aux pistolets des patrouilles. La rue s'allongeait, s'allongeait... Je cessai de sentir le mur sous mes doigts brûlants. Je fis quelques pas circonspects, marchai sur du lisse. Tâtant le sol, je découvris un rail de tramway et un peu de chaleur me remonta au cœur. Il me sembla que j'étais moins seul et moins perdu. Ce fil d'acier allait me conduire vers le cœur de la ville. Je le suivis et me sentis bientôt au centre d'un immense espace où le vent courait librement, sans feintes, sans remous, de tout l'élan puisé sur les plaines. Je tendis l'oreille : une rumeur vague, comme le bruit du flux capté au creux d'un coquillage, bourdonnait autour de moi. Et cette odeur ? L'odeur de l'eau vivante, qui dévale et se frotte à ses rives, une odeur crue de poisson et d'herbage. J'étais au-dessus du Rhône. Allais-je réussir ?

Je m'arrêtai et l'écho de mon pas continua, ou plutôt non... quelqu'un marchait devant moi. Figé, je n'osais plus respirer. Rien de plus normal, cependant, que de rencontrer un passant, à la longue. Mais celui-ci m'effrayait, tant il avançait avec confiance. Ses talons de cuir sonnaient sur le sol. Bottes ? ou simplement brodequins d'hiver ? Le pas s'éloignait et je me forçai à le suivre. Jusqu'à présent, j'avais eu affaire aux choses. Désormais, j'allais avoir affaire aux hommes. L'image de Bernard vint me visiter. Je l'invoquai comme un saint protecteur, et, dominant la peur instinctive de me heurter à un obstacle, je me hâtai vers l'extrémité du pont. Le bruit de bottes s'affaiblissait. Il cessa tout à fait et je compris pourquoi quand je foulai un terrain plus souple. J'étais engagé sur une place. Etait-ce la place Carnot dont m'avait parlé Bernard ? Dans ce cas, il me fallait pousser droit jusqu'à la Saône. Mais comment se diriger en ligne droite dans ce désert de ténèbres ? Un coup à l'épaule faillit me renverser. Je cherchai l'obstacle et mes doigts errèrent sur les rugosités d'une écorce. La place, évidemment, était plantée d'arbres. J'avançai très lentement. C'était une impression extrêmement troublante de poser brusquement les mains sur une peau visqueuse, moussue, et de tâtonner pour découvrir un passage. Peut-être y avait-il des plates-bandes, comme dans un jardin public, et, le long de ces plates-bandes, à hauteur du pied, des arceaux métalliques ? J'étais tellement épuisé que j'étais sûr, en cas de chute, de rester à terre. Je songeais aussi aux bancs, aux chaises. Je n'arrivais plus à sortir de ce qui me paraissait être un sous-bois, une forêt enchantée, et des bouffées de rage me crispaient les bras, les jambes. Une horloge, solennellement, se mit à sonner… dix… onze… douze coups. Et d'autres encore reprenaient l'heure, m'annonçaient avec gravité, en multipliant leurs timbres, en mêlant leurs voix, que le délai de grâce s'achevait. A partir de maintenant, je cessais d'être un passant attardé pour devenir un suspect. J'avais laissé passer ma chance. Non ! C'était trop bête ! A cinq minutes de la maison d'Hélène…

Je m'appuyai contre un arbre, reposai mon visage sur le bois mouillé. Pas d'affolement ! Voyons ! J'étais tout à côté de la gare de Perrache ; je devais donc m'orienter sur elle, la laisser à ma gauche et suivre un cours dont j'avais oublié le nom… un nom de bataille... La Saône était au bout. J'écoutai vainement. Puisqu'il fallait marcher encore, autant commencer tout de suite. Je repartis au jugé et le sol durcit sous mes pieds. Un ronflement de moteur s'enfla ; j'aperçus une lumière jaune qui courait, esquissant la direction d'une avenue. La lumière s'éloignait, mais j'avais eu le temps de repérer son trajet et, bientôt, je foulai un vaste trottoir. Beaucoup trop vaste, à mon gré. J'étais dans un quartier chic, sans doute, bordé de cafés et d'hôtels. Un coin dangereux pour moi. Je découvrais, heureusement, des porches profonds où je me faufilais comme un rat. J'étais un rat, trottinant de cachette en cachette. J'évitai ainsi un groupe de plusieurs hommes dont les cigarettes brillaient, dont les bottes claquaient sec. Mes pieds devaient saigner dans mes souliers durcis par l'eau. Encore un effort. J'aboutis à une esplanade et, cette fois, j'eus l'impression d'être perdu. J'avais dû zigzaguer sur la place et prendre une rue centrale menant à Bellecour. Et pourtant non, j'étais en train de descendre une déclivité. Je ne me trompais pas : la rue descendait. Je m'arrêtai pour réfléchir. Qu'est-ce qui pouvait bien être en pente, dans cette partie de la ville ?... Un quai ! J'étais donc sur les berges de la Saône ?... Je revins sur mes pas et me remis à tâtonner, dans la pluie, à la recherche des maisons bordant le quai. Mais il n'y avait pas de maisons. J'allais crever là, dans cette nuit de nulle part, et peut-être à quelques mètres d'un abri ! Allons, un ultime coup de collier... Je marchai encore, la tête grondante, les jambes tremblantes. Et tout à coup, j'aperçus une lumière qui s'évasait sur le sol, la lune blanchâtre d'une lampe électrique éclairant deux pieds en mouvement, des chaussures de civil.

« Hé ! criai-je... La rue Bourgelat ? »

La lampe s'éteignit et une voix hésitante répéta :

« La rue Bourgelat ?

— Oui.

— Deuxième à droite. »

J'entendis le froissement d'un vêtement de caoutchouc ; l'homme s'éloigna précipitamment. Il m'avait pris pour un rôdeur. Mais le son de sa voix m'avait réconforté. Je n'avais plus qu'à poser ma main sur les façades et compter les rues. Le plus terrible était derrière moi. J'atteignis le mur qui allait me conduire vers le salut et quelque chose comme une lueur de joie filtra en moi : j'étais venu droit au but, alors que j'avais toutes les chances de m'égarer. Pourquoi échouerais-je, maintenant ?... Une rue... Deux rues... C'était là. Non pas la maison d'angle, mais l'autre. Je palpais déjà la pierre, en quête de la sonnette, lorsque je me souvins qu'il n'y avait pas de sonnette. Bernard m'avait expliqué qu'à Lyon, en général, chaque locataire possède sa clef. Les concierges n'ouvrent pas les portes. A bout d'énergie, je m'effondrai dans l'encoignure du porche. J'étais assommé par ce coup du sort. Ah ! j'aurais mieux fait d'attendre, là-bas, près de Bernard, le choc qui m'aurait exterminé. A l'aube, le premier locataire qui sortirait me chasserait comme un indésirable. Où irais-je ? Je ne pouvais me montrer dans cette maison, vêtu comme j'étais, sans compromettre Hélène. Alors ?... Si je n'entrais pas cette nuit, j'étais un homme mort. Et je n'avais pas le plus petit moyen d'entrer. La pluie m'éclaboussait les jambes. Je me pelotonnai pour garder un peu de chaleur au creux de mon ventre. A ce moment, j'entendis courir dans la rue. C'était une femme, d'après le bruit précipité et menu de la course. Je me redressai. Voilà que j'espérais, de nouveau, contre toute vraisemblance. Pourquoi cette femme aurait-elle justement habité l'immeuble ? Elle allait s'arrêter bientôt ; elle claquerait une porte... Pourtant, elle s'approchait toujours et je m'écartai du porche, tellement j'étais sûr, maintenant, qu'elle se dirigeait vers la maison. Elle avait cessé de courir et un trousseau de clefs tintait dans sa main. Elle s'immobilisa près de moi, si près que je sentis l'odeur de son imperméable, qui se mêlait à un parfum de lavande.

« Pardon, madame... »

Elle poussa un cri de frayeur.

« N'ayez pas peur... Avec cette nuit noire, on n'y voit goutte... Je ne sais pas ce que j'ai fait de ma clef... Une chance que vous soyez arrivée... »

Elle ouvrit sans répondre et je la suivis dans l'obscurité du vestibule. Manifestement peu rassurée, elle grimpait déjà l'escalier, pressée de s'enfermer chez elle. Moi, adossé à la porte, laissant, de l'autre côté du battant, la pluie, le danger, l'affreuse solitude du fugitif, je goûtais une merveilleuse minute de répit. Ma tête tournait un peu parce que j'avais très faim, mais je trouverais bien la force de me hisser jusqu'au troisième, puisque l'appartement d'Hélène était au troisième. J'étais dans un vestibule où flottait un relent de mouillé, de moisi, une complexe odeur de vieux et de renfermé. Etait-ce bien la maison d'Hélène ? Je cherchai l'escalier et trouvai une rampe de fer. Les marches de pierre étaient très larges, annonçaient l'immeuble cossu. Mais tous les immeubles de ce quartier devaient être construits d'une manière identique. Je montai lentement, soudain timide. Si je m'étais trompé... Et je souhaitais presque de m'être trompé, à la pensée de rencontrer Hélène... J'étais si peu en état de parler, d'expliquer...

Au troisième, j'appuyai sur la sonnette, mais elle resta muette. J'avais oublié les coupures de courant. Alors, je frappai à petits coups, de l'index, et, au bout d'un long moment, j'entendis un frottement de mules, très loin, un mince glissement qui évoquait l'image d'une enfilade de pièces endormies. La porte s'entrebâilla, maintenue par une chaîne ; je vis un bougeoir et la moitié d'un visage, un œil gris qui me fixait, au-dessus d'une joue creuse. Je m'apparus, dans la clarté hésitante du lumignon, boueux, souillé, infâme, et je reculai vers l'escalier. L'œil me fascinait, avec le reflet de la bougie qui jouait sur sa pupille. Je ne savais qui était cette femme vieillie et maigre. J'avais honte. Mes joues brûlaient. Et la bouche de l'inconnue remua :

« Bernard ?... C'est vous ?... »

Je baissai la tête, vaincu.

« Oui, murmurai-je, c'est moi. »

Elle m'ouvrit la porte. Enfin ! J'étais au bout du cauchemar. Manger, dormir. Et puis, demain, il serait temps de mettre les choses au point. Titubant, maladroit sur les parquets cirés, évitant de maculer les tapis, je suivais la menue silhouette d'Hélène ; la bougie couchait sa flamme fumeuse, éclairant confusément des pièces immenses, des meubles sombres, des tentures, des tableaux, un piano à queue, et déjà je me disais : Attention ! Je suis un marchand de bois. Pas d'imprudence !... Peut-être avais-je déjà décidé d'être Bernard ! Nous arrivions dans une salle de bains. Hélène, serrant sa robe de chambre sur sa poitrine, me fit face.

« Mon pauvre ami !... Comme vous avez l'air fatigué !

— Ça va aller... Merci, Hélène... »

Elle avait encore levé le bougeoir pour m'examiner et moi-même je la distinguais mieux.

« Vous savez que je n'ai jamais reçu vos photos, expliqua-t-elle. Alors... je vous regarde. Vous êtes bien tel que je vous imaginais... Et moi ?... Vous ne me reconnaissez pas, n'est-ce pas ?... Les privations ! Les soucis !... Toutes les femmes sont vieilles, maintenant. »

Elle posa le bougeoir sur une table basse et ouvrit les robinets de la baignoire.

« L'eau ne sera peut-être pas très chaude... Je vais vous chercher des vêtements de mon père. Il avait à peu près votre taille... Et votre ami Gervais ?

— Il est mort, dis-je.

— Mort ?

— Un accident... Je vous expliquerai...

— Le pauvre garçon !... Quel coup pour vous ! »

Elle parlait, tout en sortant d'une armoire des gants de toilette, cherchant le ton juste entre nous, car nous n'étions encore que deux étrangers qui avions beaucoup pensé l'un à l'autre.

« Pendant que vous ferez votre toilette, je préparerai une collation...

— Juste un peu de pain. Je ne veux pas piller vos provisions. »

Elle avait du chic, de l'allure, de la distinction et je n'arrivais pas à comprendre pourquoi elle avait pu s'intéresser à Bernard, pourquoi même elle avait voulu avoir un filleul. Elle était plutôt de ces femmes qui font partie de la Croix-Rouge, dirigent un dispensaire ou s'occupent d'un ouvroir. Quel âge avait-elle ? Trente-trois ou trente-quatre ans. Elle avait envoyé à Bernard une très ancienne photographie qui nous avait trompés tous les deux. Je poussai dans un coin ma défroque trempée et m'allongeai dans l'eau tiède. J'étais de nouveau un civilisé et, retrouvant instantanément les habitudes de pensée d'autrefois, je notai qu'Hélène m'avait directement mené à la salle de bains, avec une autorité et une condescendance un peu humiliantes. Elle devait considérer Bernard comme quelqu'un d'assez rustique, je devinais cela...

Ce serait un point à tirer au clair, plus tard, quand j'aurais dormi. J'avais beaucoup, beaucoup de temps, désormais, à dépenser, à gaspiller, à user, et je sus que j'allais m'ennuyer dès mon réveil. Oui, Bernard avait raison quand il pensait que j'étais un bonhomme compliqué.

« Voici un peignoir », dit Hélène derrière la porte.

Elle l'entrouvrit pour me le faire passer.

« Ça va ? Vous vous sentez mieux ?

— C'est parfait... vous n'auriez pas un rasoir ? »

Elle rit, d'un rire qui sonnait bien franc, comme une femme heureuse.

« Vous voulez vous raser ? A cette heure ?

— Je préférerais. »

Je me rasai avec application ; je me peignai soigneusement ; je me rendais bien compte que je voulais lui plaire. Encore une femme dans ma vie ! Je m'étais pourtant bien juré de... Bon Dieu que j'avais sommeil ! Je m'habillai et souris. Mon complet était honteusement respectable ; pantalon du genre tuyau de poêle, veston sévère, avec je ne sais combien de boutons. Je n'en étais plus à un déguisement près ! Je sortis de la salle de bains, le bougeoir au poing, et traversai une chambre puis un petit salon.

« Par ici », cria Hélène.

Mon couvert était mis dans la salle à manger, dont j'apercevais les meubles luisants et solennels. Quatre bougies éclairaient une argenterie lourde, une nappe brodée. Hélène se retourna et joignit les mains.

« Comme vous avez l'air jeune, murmura-t-elle.

— Je vais pourtant sur mes trente ans, déclarai-je, d'un ton léger. Je suis confus de vous donner tant de peine.

— Asseyez-vous ! »

Elle ne montrait plus tout à fait la même assurance, regardait mes mains, se demandant sans doute si de telles mains pouvaient appartenir à un marchand de bois, et j'éprouvais une inquiétude qui n'était pas sans charme, devant cette femme à laquelle j'avais si souvent pensé, dans l'odieux vacarme de la baraque. Non, elle n'était pas belle ; ni même jolie, ni bien coiffée, ni, en somme, très féminine ; mais ses yeux gris, si directs, si impérieux, me plaisaient. Il faudrait les mater, ces yeux-là !

« Comment ? dis-je. Des sardines à l'huile ! Du jambon ! De la viande froide ! Mais c'est de la folie ! »

Elle sourit, avec un rien de tristesse qui ne m'échappa point.

« Mangez à votre faim. Nous connaissons des gens, à la campagne, qui nous ravitaillent. »

Je me servis et elle m'observait toujours, et elle découvrait avec surprise que je savais manier une fourchette et un couteau.

« Vous avez couru beaucoup de dangers ? demanda-t-elle.

— Pas trop. Je connaissais là-bas un entrepreneur qui nous a cachés dans un wagon de marchandises à destination de Lorient. A Besançon, nous avons trouvé un train portant l'indication : Lyon. C'est aussi bête que ça.

— Et votre ami Gervais ?

— Gervais ?... Eh bien, il a été renversé par un wagon en manœuvre, au moment où nous traversions les voies... Il a été tué sur le coup.

— J'aurais été heureuse de le connaître ; tout cela est bien triste. C'était un garçon plein d'avenir, d'après ce que vous m'avez écrit.

— Oui, je crois... Il écrivait dans des revues... Il faisait du théâtre... C'était très difficile de lui arracher des confidences ; il était taciturne et renfermé. Je n'en ai jamais su très long sur son compte. »

Elle voulut changer mon assiette ; je protestai. Elle emplit mon verre de bordeaux rouge.

« Là, là ! Merci. »

Le vin m'engourdissait et, en même temps, j'étais extraordinairement attentif à l'atmosphère de la vieille demeure. Fortune bien assise. Traditions familiales solides. Appartement beaucoup trop vaste pour une personne seule. Mais était-elle seule ? J'avais eu l'impression, tout à l'heure, qu'on écoutait nos paroles de la pièce qui s'ouvrait à ma droite et qui était un grand salon, car j'apercevais des reflets, au flanc sombre du piano et la tache claire d'une partition.

« Vous êtes musicienne ? demandai-je.

— Oui. »

Elle parut gênée puis, se décidant tout à coup.

« Je donne même quelques leçons... pour me distraire. Mais votre chambre est tout au fond de l'appartement. Vous n'entendrez rien.

— Dommage ! J'aime beaucoup la musique. J'ai même fait du piano, quand j'étais gamin.

— Vous avez fait du piano ! Pourquoi ne me l'avez-vous jamais dit ?

— Oh ! c'est un si petit détail ! »

Le parquet avait craqué très légèrement mais, malgré moi, je tournai la tête vers le salon. Hélène, à son tour, regarda.

« Eh bien, entre, voyons ! » murmura-t-elle.

Une jeune fille s'avança, glissa plutôt, car sa robe ne faisait aucun bruit.

« Ma sœur Agnès », dit Hélène.

Je me levai, m'inclinai, et je sentis, pénétrant, chaud, vivant comme l'odeur d'un pelage, le parfum de lavande. Agnès était l'inconnue de l'escalier, la jeune fille qui courait, dans la rue noire, après le couvre-feu.

« Je vous dois des remerciements, mademoiselle. Sans vous, je risquais de passer la nuit dehors. »

Un court silence. Je venais, à coup sûr, de commettre une maladresse. Hélène avait jeté à sa sœur un coup d'œil rapide dont je ne compris pas la signification. Agnès souriait. Elle était petite, blonde, très fine, très fragile, et elle avait ce regard trouble, un peu en dedans, des myopes, un regard d'une languissante et fourbe douceur. Elle se taisait, m'observant toujours, tandis que je me rasseyais.

« Ma sœur s'est attardée chez des amis, expliqua Hélène. Elle est imprudente. Elle devrait savoir, pourtant, que les Allemands ne plaisantent pas. »

Je pris quelques cuillerées de confiture. Je ne détestais pas cette ambiance un peu lourde qui venait de se créer.

« Vous ne m'aviez jamais parlé de votre sœur », observai-je.

Agnès souriait toujours. Hélène paraissait embarrassée et sourdement irritée.

« Va te coucher, dit-elle. Demain, tu seras encore souffrante, si tu veilles. »

Agnès lui tendit le front, comme une petite fille, puis esquissa devant moi une imperceptible génuflexion, et partit, de son irréelle démarche, les bras le long du corps, coiffée d'une lourde tresse qui semblait posée sur sa tête comme une couronne.

« Quel âge a-t-elle ? chuchotai-je.

— Vingt-quatre ans.

— On lui en donnerait seize. Elle est charmante. »

Encore une parole imprudente, je le savais. Mais je l'avais prononcée à dessein. Hélène soupira.

« Charmante, oui... Mais elle me cause bien du souci... Désirez-vous autre chose ?

— Vraiment non.

— Une tasse de café ?

— Merci.

— Une cigarette ?... Puisque vous en avez envie. »

Elle m'apporta un paquet de Camels et un briquet. Je ne posai aucune question, mais je pensai que ces Camels ne venaient pas de la campagne.

« Allons voir votre chambre. »

Elle me conduisit, par un étroit corridor, jusqu'à une pièce coupée par une alcôve, et je fus immédiatement séduit. Je tirerais sur moi les panneaux de l'alcôve et je serais là comme une bête dans son terrier. J'aimais les cachettes, les nids, les retraites bien closes. J'eus vers Hélène un brusque mouvement de reconnaissance et lui pris les mains.

« Merci... Merci... Je suis heureux d'être chez vous... de vous connaître... »

Elle s'était rejetée en arrière, craignant peut-être quelque tentative plus hardie. Jamais un homme ne l'avait approchée, je l'aurais juré. Etrange personne, si peu semblable à celle qui écrivait à Bernard ! Je baisai délicatement ses mains, sentant bien que ce geste pouvait la toucher. C'était parfaitement ridicule à mes yeux mais sûrement pas aux siens.

« Bonsoir, Hélène. »

Je jetai mes vêtements sur un fauteuil. Le portefeuille de Bernard tomba sur le plancher. Je le ramassai, le fis sauter rapidement dans ma main, puis je le remis dans ma poche. Le portefeuille de Bernard ! Mon portefeuille !

CHAPITRE III

Je m'éveillai de bonne heure, guettant l'appel. Mes mains tâtèrent, avec incrédulité, le drap fin, la peau soyeuse de l'édredon, et je me retrouvai à Lyon, caché dans mon alcôve comme dans une coquille, hors du monde, libre. J'enfonçai mon bras sous le traversin, d'un geste venu de mon enfance ; je m'étirai voluptueusement, savourant l'inépuisable joie de la délivrance. Plus de chefs, plus de commandements, plus de camarades ; je n'appartenais plus au troupeau. Bernard ?... Je m'étais réconcilié avec lui. Je suis de ces gens qui ne savent aimer que les morts... Hélène ?... Justement ! Tant qu'elle n'avait été qu'une image, elle m'avait troublé. Depuis que je l'avais vue... elle m'intéressait moins. Je n'avais pas vraiment besoin d'elle. Mais j'étais heureux qu'elle m'aimât, ou du moins qu'elle s'appliquât à m'aimer, car il y avait, dans sa conduite à l'égard de Bernard, un peu de contrainte et comme un effort. Devais-je lui révéler la vérité ? Je n'avais pas à feindre avec moi-même. Je n'ignorais pas que, si je m'étais tu, c'était pour gagner du temps. Avouer que j'étais Gervais, cela signifiait le départ, le retour à la vie précaire, l'épreuve de la sordide vie quotidienne. Car je ne pouvais m'installer dans cette maison après avoir annoncé la mort de Bernard. Or, toute une part de moi-même, la plus profonde, aspirait à rester. J'étais bien, ici. J'aimais ce silence, ces chuchotements sous les hauts plafonds sévères, ces bougies promenées. Ni Hélène, ni Agnès ne me gêneraient. Je ne leur demandais que de veiller sur moi, d'écarter de moi les ronces des préoccupations matérielles, afin que je puisse me reprendre, travailler. Il y aurait bien des moments où elles s'absenteraient, toutes deux. Alors je me glisserais dans le salon, j'ouvrirais le piano... Plus tard, peu à peu, je les préparerais, mais il nous fallait d'abord faire connaissance. Et, pour tout dire, j'adorais les masques, les déguisements, tout ce qui relève le goût trivial de l'émotion et donne à l'imagination du jeu, de l'élan, de l'essor. Il m'arrivait, jadis, de revêtir tel costume de scène de ma mère avant de me mettre au piano. Mes gammes devenaient graves ou fluides, selon que j'étais Pauline ou Bérénice. En m'efforçant d'être Bernard, peut-être réussirais-je à détruire des souvenirs qui m'étouffaient.

Je me levai et sortis de l'alcôve. Le parquet me glaçait les pieds. Je tâtonnai jusqu'à la fenêtre dont je poussai les volets. Au bout de la rue, j'aperçus une place et la silhouette brouillée d'une église dont les vitraux étaient éclairés. En d'autres temps, je me serais recouché, malade de dégoût et de tristesse. Mais, ce matin-là, rien ne pouvait entamer ma confiance. Je me lavai à l'eau froide, avec vigueur. Tout était beau et bon et je n'avais jamais rusé avec mon plaisir. Je n'étais tout de même pas un monstre parce que la vie, pour une fois, me montait un peu à la tête. Toilette. Coup de peigne. Quelques gouttes d'eau de Cologne. Je me regardai dans la glace de l'armoire. Le costume du vieux Madinier, avec son col fermant trop haut et ses poches-goussets, me faisait ressembler aux jeunes normaliens de l'époque

1900. Agnès s'amuserait ferme, tout à l'heure. Je n'aurais su m'expliquer pourquoi, mais l'opinion d'Agnès m'importait beaucoup plus que celle de sa sœur.

Je trouvai Hélène dans la salle à manger.

« Avez-vous bien dormi ? Etes-vous bien reposé ? me demanda-t-elle.

— Merci. Je suis on ne peut mieux. »

Elle poussa vers moi un journal déplié.

« On parle déjà de votre ami, sans donner de détails. Lisez. En page trois. »

Il y avait un court entrefilet en dernière heure, dont deux lignes me surprirent désagréablement :

La mort paraît accidentelle, bien que l'hypothèse d'un crime ne soit peut-être pas à écarter.

« Pauvre Gervais, dis-je.

— Les gens sont devenus méfiants, remarqua-t-elle. On ne peut plus croire aux accidents... Prenez du beurre. »

Dans le jour cendreux qui fripait nos visages, elle semblait encore plus fatiguée que la veille. Il était à peine huit heures mais elle était habillée, prête à sortir.

« Hélène, dis-je, faisons le point : je ne veux pour rien au monde vous rendre l'existence encore plus difficile. J'entends vous aider, je ne sais pas bien comment, mais il doit y avoir plus d'un moyen de... »

Elle m'interrompit.

« Vous allez rester tranquille. Je n'ai pas besoin de vous.

— Bien vrai ?

— Mais oui. Le ravitaillement ne me donne pas trop de peine et le ménage n'est pas votre affaire...

— Hélène, je suis extrêmement touché, vous savez... »

Ce fut elle, cette fois, qui osa poser sa main sur la

mienne. Elle le fit avec une sorte de brusque décision, comme si elle avait déjà mûrement réfléchi à ce geste et j'ajoutai, entrant à fond dans le personnage de Bernard :

« Je dois vous remercier encore pour tout… pour vos lettres… pour vos colis…

— Cela, c'est le passé, Bernard… Maintenant, vous êtes là. »

Elle me regardait, de ses yeux gris, un peu fixes, qui ne savaient pas s'égayer. Il y avait en elle de la maîtresse d'école et j'éprouvai, avec plus de force, le même sentiment que la veille : j'étais en train de passer un examen.

« Je suis heureux d'être là », dis-je niaisement : mais sa main s'appuya plus amicalement sur la mienne et une idée incongrue me traversa l'esprit : elle est vierge.

« Pourquoi souriez-vous ? murmura-t-elle.

— Parce que je me sens à l'abri… Parce qu'il me semble que j'ai un foyer, enfin !

— C'est vrai, ce que vous dites ? Ce n'est pas pour me faire plaisir ?

— Oh ! Hélène, comment pouvez-vous ?… »

Elle retira sa main et appuya son menton sur ses doigts croisés.

« Oui, je sais que votre vie a été assez difficile.

— Peut-être pas difficile. Mais laborieuse et solitaire… J'ai beaucoup travaillé pour monter mon affaire. Mes parents n'étaient plus là pour m'aider. Mon oncle a été très chic, mais il ne venait en France que tous les deux ou trois ans…

— Vous avez de ses nouvelles ?

— Non… J'ai bien peur qu'il ne soit mort, le pauvre. Il avait une maladie de foie inguérissable.

— Et vous n'avez pas essayé de renouer avec votre sœur ?

— Non. Je ne renouerai jamais.

— Pourquoi ?

— Parce que Julia... C'est une fille que je n'aimerais pas vous présenter, comprenez-vous ?

— Oui, dit lentement Hélène. Dans chaque famille, il y a une brebis galeuse... »

Le téléphone sonna, dans une pièce voisine, mais elle ne bougea pas.

« Je vous imaginais autrement, reprit-elle.

— A cause de mon métier ?

— Sans doute. Je vous voyais beaucoup plus grand, beaucoup plus...

— Comme un bûcheron ? dis-je en riant.

— Je suis idiote », murmura-t-elle, avec une confusion qui me plut.

Le téléphone sonnait toujours et, comme je tournais la tête vers le salon, elle se pencha.

« C'est pour Agnès... Ne faites pas attention... Il sonne souvent.

— Vous avez des regrets ? demandai-je.

— Des regrets ?

— Oui... Vous regrettez l'homme des bois ? »

Elle regarda l'heure à son poignet et se leva.

« Pas le moindre regret », fit-elle avec un enjouement qui éclaira son visage, très vite, et ce fut comme si j'avais aperçu la petite fille qu'elle avait été.

« Hélène !

— Je n'ai pas le temps. Mangez bien ! Reposez-vous ! »

Elle sortit. Le téléphone ne sonnait plus, mais le timbre du vestibule résonna et j'entendis des voix qui s'éloignaient. J'étalai du beurre sur une tartine. C'était tellement bon de manger à sa faim ! Le journal avait glissé sur une chaise. Je l'ouvris devant moi et relus l'information qui m'avait alarmé. Au fond, elle ne signifiait rien. On avait évité de préciser que le mort anonyme découvert sur la voie devait être un prisonnier évadé. Il y avait évidemment une consigne. Le reste... l'hypothèse d'un crime... lieu commun, propos de journaliste.

Soudain, je reposai mon couteau sur la nappe. Etait-ce possible ? Et comment n'avais-je pas vu, tout de suite, ce qui maintenant me crevait les yeux ? Si j'avouais que je n'étais pas Bernard, on me soupçonnerait fatalement de l'avoir tué pour prendre sa place. Peut-être même d'avoir prémédité mon crime. Mon mensonge se refermait sur moi comme un piège. Il était déjà trop tard pour dire la vérité. Je repoussai ma tasse si violemment que des gouttes de café sautèrent sur la nappe. Voyons !... N'allais-je point trop vite ? Etais-je vraiment obligé de continuer à mentir ? Etais-je condamné à être Bernard ?... Mais serais-je capable à soutenir le regard d'Hélène, si je me décidais à avouer que... ? Non. J'étais allé trop loin avec elle. Et je n'acceptais pas qu'une femme se permît de me juger. « Alors, mon vieux, pensai-je avec amertume, épouse-la. Tu dois être Bernard jusqu'au bout ! » Plus se déroulaient devant mes yeux les conséquences de mon... imprudence, et plus j'étais épouvanté. Et je me répétais, accablé : « Tu es Bernard !... Tu es Bernard !... » Eh bien sûr, j'étais Bernard, la plus petite maladresse pouvait me perdre et je n'en avais déjà que trop commis, des maladresses. Je passai, en ce moment, de la confiance au désespoir, et je songeai même à m'enfuir honteusement, en me cachant. Mais l'argent ?... Gervais était pauvre et sans famille. Seul, Bernard avait un compte en banque. Je m'enfonçais, décidément, dans la crasse et la saleté. Ma peau valait-elle tant de bassesses ? Seulement, ce n'était pas ma peau qui était en question, c'était mon œuvre future, le meilleur de moi-même, ma seule raison de vivre. Et cela, je ne le sacrifierais jamais. D'ailleurs, j'avais encore le temps de réfléchir. Peut-être existait-il quelque biais, grâce auquel je pourrais me dégager.

Le téléphone sonna. Rien de plus horrible que cet appel insistant, impérieux dans le grand silence. Excédé, je me précipitai au salon pour décrocher, répondre n'importe quoi. Mais Agnès m'avait précédé. Elle me considérait avec cet air maniaque, absent, des gens qui téléphonent en présence d'un tiers.

« Allô, oui... C'est moi... Très bien.. Non, pas à trois heures... Un peu plus tard... Cinq heures ?... C'est entendu, je vous attendrai »

Sa voix était un peu rauque. Ses yeux myopes, sans éclat, se posaient sur moi en hésitant, fuyaient bien vite vers d'autres points mystérieux de l'espace. Elle reposa très lentement l'appareil et, comme j'avançais d'un pas, elle me fit signe de rester immobile. Alors j'entendis, loin de nous, un piano touché par une main malhabile.

« Nous sommes tranquilles, dit Agnès.

— C'est votre sœur ?

— Oui. Elle donne des leçons. »

Elle rit méchamment.

« Il faut bien vivre, n'est-ce pas ?

— Mais pourtant...

— Allez, reprit Agnès, vous comprendrez vite. Venez déjeuner !

— C'est ce que j'étais en train de faire. »

Elle me précéda dans la salle à manger, promena au-dessus de la table son visage aux pommettes saillantes, au menton pointu.

« Elle vous laisse crever de faim ; c'est bien ce que je pensais. Attendez ! »

Elle était repartie, prompte, silencieuse, bizarre, tandis que le piano, là-bas, recommençait la même gamme trébuchante, poétisée par la distance. Obéissant à je ne sais quelle crainte, je pliai le journal et le mis dans ma poche. Déjà, elle revenait.

« Aidez-moi ! »

Elle apportait un pot de miel, un seau de confiture, la moitié d'une tarte et une bouteille de cassis.

« Je vous assure que c'est trop ! protestai-je.

— Pour vous, peut-être. Mais pas pour moi. »

Elle ouvrit la desserte, choisit deux petits verres qu'elle emplit de liqueur.

« Je suis gourmande, moi... Pas vous ? »

De nouveau, ses yeux m'observaient, paupières rapprochées, comme si j'avais émis quelque lumière insoutenable, puis elle leva son verre.

« A notre prisonnier ! »

Et ce mot ambigu nous fit sourire ensemble. J'acceptai un large morceau de tarte. Nous mangions gloutonnement, comme des gamins trop strictement surveillés, qui se dissipent en cachette.

« Ajoutez de la confiture, conseilla-t-elle. Vous verrez la différence. »

Le téléphone recommença à sonner.

« La barbe, dit-elle. Je n'y vais pas.

— Vous donnez des leçons, vous aussi ? »

Elle cessa de manger, pour m'étudier de son regard fumeux et caressant.

« C'est drôle que vous me posiez cette question. Oui, je donne des leçons, si on veut. »

Et, comme le téléphone insistait, elle alla répondre.

« Pas avant six heures... Toute ma journée est prise... Oui... Entendu.

— Voilà pourquoi il y a deux pianos, dis-je, quand elle revint.

— Deux pianos ?

— Oui. J'ai vu, hier soir, un piano à queue dans le salon.

— Ah ! le piano de grand-père... Nous n'y touchons pas. C'est un souvenir de famille... Moi, je ne suis pas du tout musicienne... Mangez donc ! »

Je taillai une nouvelle tartine que j'enduisis de miel.

« Ainsi, dit Agnès, vous êtes le filleul de ma sœur. Ce que ça peut être amusant !

— Je ne vois pas...

— Non, vous ne pouvez pas voir encore. Vous ne connaissez pas Hélène, évidemment. Ainsi, elle ne vous avait jamais parlé de moi, dans ses lettres ?

— Jamais. J'ignorais votre existence.

— Je m'en serais doutée !

— Dois-je comprendre que vous ne vous entendez pas bien, toutes les deux ?

— Oh si ! Nous ne sommes pas toujours d'accord, mais... Hélène est tellement raisonnable ! »

Elle prononça le mot avec une emphase qui nous fit, de nouveau, sourire ensemble.

« Vous n'êtes pas un filleul comme les autres, poursuivit-elle.

— Pourquoi ?

— Un filleul, ça fait godiche, vous ne trouvez pas ?

— Je suis bien content de ne pas avoir l'air godiche. Est-ce que votre sœur vous parlait de moi, quelquefois ? Franchise pour franchise ?

— Oui. Elle ne pouvait faire autrement car c'était moi, souvent, qui remontais le courrier. Mais elle m'en disait le moins possible. Et votre ami Gervais, qu'est-ce qu'il est devenu ?

— Il est mort. Il a été surpris par un wagon qui manœuvrait... »

Elle se tut un instant, goûta pensivement son cassis, puis elle me demanda, sans lever les yeux :

« Est-ce que vous êtes croyant ? »

J'hésitai.

« Oui, murmurai-je... Il me semble que nous ne devons pas mourir tout entiers. Ce serait trop injuste.

— Vous avez raison, dit-elle. Vous l'aimiez bien, n'est-ce pas ?

— Oui.

— Alors, il n'est peut-être pas loin de nous. »

J'allumai une cigarette pour chasser le malaise que je commençais à ressentir. Je détestais ce genre de propos.

« Quel âge avait-il ?

— Nous étions à peu près du même âge, trente ans !

— Marié ?

— Voyons, Agnès, qu'est-ce que ça peut vous faire ?... Puisqu'il est mort... Oui, il avait été marié... peu de temps... Je n'en sais pas davantage. Il ne se livrait guère, vous savez. »

Le piano, là-bas, jouait une sonate de Mozart, un air très simple, très candide. Hélène possédait une technique solide. Son élève essaya, après elle, de jouer le morceau, et je soupirai d'agacement.

« C'est comme ça toute la journée, dit Agnès. On s'habitue... Qu'est-ce que vous allez faire, tout seul ? Vous connaissez Lyon ?

— Très mal.

— Vous pourriez peut-être sortir ?

— Hum ! C'est risqué.

— Pourquoi ? Personne ne vous recherche. Je vous trouverai un imperméable décent dans les affaires de mon père. »

Le timbre de la porte d'entrée retentit et Agnès se leva.

« Laissez tout cela, fit-elle. Je desservirai plus tard. »

Elle disparut et, sur la pointe des pieds, je traversai le salon derrière elle. Je voulais voir quel genre d'élèves elle recevait. Cette fille m'attirait de plus en plus. Il y avait, en elle, de l'artiste, avec quelque chose d'excentrique, d'anormal que je ne m'expliquais pas. J'avais approché assez de drogués, dans ma vie. Ce n'était pas du tout cela. J'apercevais la porte d'entrée ; Agnès ouvrit et un très vieux couple entra dans le vestibule ; elle, très digne, strictement habillée de noir et serrant un paquet sur sa poitrine ; lui, le chapeau à la main, cherchant un coin où appuyer son parapluie trempé. Agnès leur désigna la porte de gauche et ils s'inclinèrent cérémonieusement, comme des malades devant un maître de la médecine. La porte se referma. Derrière moi, des doigts indociles s'acharnaient toujours sur la sonate, la mettaient en pièces, comme un oiseau mort, et une haute glace au cadre chargé de dorures me renvoyait la silhouette imprécise d'un homme penché en avant, comme hésitant au carrefour de chemins invisibles. Je faillis avoir peur de mon ombre et revins dans la salle à manger où je bus un plein verre de cassis.

« Curieux ! » dis-je tout haut pour chasser les maléfices du silence accumulé. Puis, par désœuvrement, je me versai du café, agitant toujours le même angoissant problème : partir ou rester ? Je commençais à m'apercevoir que le danger était le même dans les deux cas. Si je partais, en effet, Hélène ne tarderait pas à comprendre pourquoi ; c'était le meilleur moyen d'éveiller ses soupçons. Et si je restais, j'étais à la merci d'une distraction, d'une réponse étourdie. Or, ces deux femmes allaient passer leur temps à me poser des questions. J'étais leur prisonnier, comme l'avait si bien dit Agnès. Ma mère, ma femme, le stalag et Bernard, maintenant Hélène et Agnès, toujours des prisons et des geôliers. Et, si je voulais m'échapper, cette ville sinistre autour de moi, avec ces rues inconnues, les Allemands, la police. Je revins au salon, au grand salon, car il y en avait plusieurs autres, plus intimes avec leurs paravents décorés de chimères et leurs vitrines pleines de bibelots. Le piano — un grand Pleyel de concert — occupait une sorte d'estrade. J'écoutai encore une fois, comme un voleur, puis je soulevai le couvercle brillant où je voyais mon reflet grotesquement déformé. Alors je n'y tins plus. Un pied sur la pédale sourde, je laissai courir mes doigts. Dieu, qu'ils étaient raides et indociles, mais les notes étaient des voix amies qui, toutes, me disaient : demeure ! Et voilà que ma tête se peuplait d'images ; des thèmes s'improvisaient ; des phrases se formaient ; la sève remontait dans mes veines ; je n'étais pas un type fini, non. Un égoïste et un ingrat, tant qu'on voudrait. Cela m'était indifférent pourvu qu'on me laissât travailler. Malheureusement !...

Je refermai le piano car j'avais peur d'être surpris et visitai l'appartement. Il était immense, désert et sombre comme un musée ; un morne ennui régnait sous les lambris poussiéreux. Aucun bruit ne montait de la rue ; aucun bruit ne troublait les étages. Maison perdue au fond du temps. A peine si, parfois, on entendait la voix d'Hélène compter : un, deux, trois, quatre, et la musique continuait cahotante et triste. Je traversai la cuisine, devinai une cour étroite au pied des murs gluants, et, par un petit couloir, je revins dans l'antichambre. A ma gauche, se trouvait la pièce où les visiteurs étaient entrés. J'écoutai. Rien. Je poussai doucement la porte et me trouvai dans un nouveau salon. Plusieurs ménages avaient dû, autrefois, se partager l'appartement, vivre autour de quelque aïeul fortuné et despotique. Un murmure de voix s'élevait dans la chambre voisine. Je tendis l'oreille : quelqu'un pleurait, j'en étais sûr... j'entendais les sanglots qui s'étouffaient dans un mouchoir. On sonna, sur le palier. Je courus sans bruit jusqu'au grand salon, surveillant le vestibule sans être vu. Hélène reconduisait son élève, une grande fille à lunettes qui portait des partitions roulées sous le bras ; elle introduisit un garçon d'une quinzaine d'années, qui rougissait en lui parlant et ne savait où mettre ses mains. J'attendis un long moment ; le piano, enfin, résonna, et je reconnus une étude de Czerny. Le mot d'Agnès me revint en mémoire : « Nous sommes tranquilles ! » Je regagnai mon poste d'observation. Le bourdonnement des voix continuait, paisible, cette fois, coupé de silences incompréhensibles. J'avais épuisé à peu près toutes les suppositions vraisemblables sans découvrir une seule réponse satisfaisante. Qu'est-ce qu'ils pouvaient bien faire, tous les trois ?

« Le pauvre petit ! »

C'était le vieil homme qui venait de prononcer ces mots.

« Il est heureux, dit Agnès.

— La prochaine fois... », commença la dame en deuil, mais la suite se perdit dans un chuchotement mouillé de larmes.

« Allons, allons !... » disait le vieil homme, qu'on sentait bouleversé par ce désespoir.

Des chaises furent repoussées et je me retirai promptement. Je revis le couple au moment où s'ouvrit la porte du vestibule. Elle, marchait à petits pas, un mouchoir roulé en boule sur les lèvres ; lui, très ému, remerciait Agnès, lui serrait longuement les mains. Agnès demeura un instant sur le palier, les regardant descendre... Mais non, elle attendait plutôt quelqu'un dont elle apercevait la silhouette plus bas, dans l'escalier... Je ne m'étais pas trompé car elle fit quelques pas, en souriant, mains tendues, et s'effaça devant une jeune femme vêtue d'un imperméable gris, au col relevé, qui se dirigea tout de suite vers la chambre. Le piano grondait dans les notes graves, au fond des pièces endormies ; il s'arrêtait, repartait. Personne ne s'occupait de moi ; Hélène battait la mesure, et Agnès ?...

Je me glissai dans le petit salon, le plus près possible de la porte. L'inconnue parlait avec volubilité. Je ne comprenais que quelques mots de loin en loin :... Marc... Marc... au passage de la Somme... La Croix-Rouge... peut-être fait prisonnier... Marc... Puis il y eut un long, un très long silence et ce fut Agnès qui prit la parole, de sa voix enrouée d'adolescente qui touchait en moi je ne sais quelles fibres. De temps en temps, elle s'interrompait comme si elle avait suivi des yeux quelque expérience, étudié le fonctionnement de quelque machine...

« Là, vous voyez bien ! s'écria-t-elle. Je n'invente rien.

— Mon Dieu, gémit l'inconnue. Marc... Marc... »

Elle pleurait, comme la vieille dame, tout à l'heure, et Agnès poursuivait son monologue, apaisant comme une histoire qu'on raconte à un petit enfant, pour l'endormir. L'oreille contre le panneau, je tendais toute mon attention. Mes yeux inoccupés tombèrent sur un paquet à demi défait qui traînait sur le canapé... le paquet que la vieille dame avait apporté... Agnès l'avait posé là, au moment de reconduire ses visiteurs. Il s'agissait probablement d'un cadeau. Quelque chose d'insolite retint mon regard. Ce que j'apercevais, n'était-ce pas une patte, trois doigts noirs recroquevillés ? Sans cesser d'écouter, je tirai sur le papier qui s'écarta. Le paquet contenait un poulet.

« Non, non ! pria la jeune femme. Je n'en aurai pas le courage. Je ne veux pas. Une autre fois, je préfère.

— C'est dommage, dit Agnès. Je me sens très bien, ce matin. Pouvez-vous mardi ?

— Oui, mardi... Je vous assure que je suis bien heureuse. »

Très perplexe, je me retirai dans ma chambre.

CHAPITRE IV

Notre vie s'organisait peu à peu. J'avais craint de m'ennuyer, au début, et il y avait, certes, des moments où la solitude m'étouffait, et je me sentais muré vivant dans cette maison si sombre qu'il fallait allumer dès quatre heures. Mais ces moments étaient rares. Je passais le meilleur de mon temps à épier ; je ne me sentais pas tranquille. A vrai dire, je ne craignais rien de précis. Tant que je me tiendrais sur mes gardes, il ne pourrait rien m'arriver. Personne, au camp, n'avait été mis au courant de nos projets ; Bernard était mort ; donc je n'avais pas laissé derrière moi la moindre trace. Je m'étais rapidement convaincu, d'autre part, que je ne risquais rien à Lyon où je n'étais jamais venu, où personne ne me connaissait, où je ne sortais qu'à certaines heures et toujours furtivement. J'avais, sans le vouloir, réalisé un très ancien rêve : n'être plus personne. J'étais devenu un faux vivant ; par la force des circonstances, j'étais laissé à l'écart des troubles, des angoisses, des douleurs et des espérances qui agitaient sans répit la ville, autour de moi. J'aurais donc pu goûter un merveilleux repos. Il n'en était rien. J'étais obsédé par Hélène et Agnès. Cela commençait le matin, au petit déjeuner Hélène arrivait, prononçait très haut :

« Bonjour, Bernard !... Bien dormi ? »

A quoi je répondais avec beaucoup de naturel :

« Très bien dormi... Merci. »

Alors, elle écoutait, une seconde, puis courait en silence au-devant de moi et m'embrassait avec une ardeur de collégienne.

« Mon chéri, mon petit Bernard ! »

Je lui rendais ses baisers de mon mieux, parce qu'il le fallait bien et aussi parce que je n'étais pas insensible à ce corps ferme, à cette odeur de femme, à ce chuchotement amoureux dont j'étais privé depuis si longtemps. Mais ce qui me troublait le plus, c'était cette atmosphère d'adultère, d'inceste, ces étreintes sans abandon, cette peur continuelle d'être surpris. Hélène se jetait sur moi et, quand je commençais à perdre la tête, à égarer mes mains sur elle, fermement, elle me repoussait, pour tendre l'oreille, puis, les yeux un peu fous, elle disait, de sa voix la plus calme :

« Encore un peu de café, Bernard ?

— Merci, répondais-je, il est délicieux. »

Je la reprenais aussitôt contre moi et elle me mangeait la bouche avec la candide impudeur d'une fille qui n'a jamais connu l'amour. Au bout d'un instant, elle s'éloignait de moi, allait se regarder dans une haute glace tarabiscotée, du plat de la main arrangeait ses cheveux.

« Hélène ! suppliais-je.

— Sage ! disait-elle. Sage !... » Comme on parle à un fox.

Tout cela avait commencé de la façon la plus stupide. Quelques jours plus tôt, j'avais eu envie de sortir et lui avais demandé une clef de l'appartement. Elle avait hésité ; elle n'en finissait jamais de peser le pour et le contre.

« Je veux bien, Bernard... Mais il y a des locataires,

dans la maison. Je préférerais qu'ils ne vous rencontrent pas.

— Pourquoi ?

— Ils pourraient s'étonner... Ils savent que nous vivons toutes les deux... vous comprenez ?... Dans notre situation, les commérages... »

J'avais froncé les sourcils, tout de suite irrité, cabré.

« Attendez, Bernard... Il y a un moyen... le matin, de neuf à onze, la maison est pratiquement déserte... et puis le soir, vers six heures, quand tout le monde est rentré... »

J'avais alors passé mon bras autour de sa taille, pour jouer le rôle de Bernard, et, passant mes lèvres sur ses cheveux, j'avais murmuré :

« Si l'on vous interroge, vous répondrez que je suis votre fiancé ; est-ce que ce n'est pas un peu vrai ? »

Elle s'était jetée dans mes bras, m'avait saisi le visage à pleines mains, avec la maladresse et l'avidité d'un affamé qui s'empare d'un morceau de pain. Depuis combien d'années ce moment avait-il hanté ses jours et ses nuits ? Je crus qu'elle allait s'évanouir. Elle s'assit, épuisée, blanche, et me dit, en s'accrochant à moi :

« Il ne faut pas qu'elle sache... Bernard !... Vous entendez ?... Plus tard... je lui expliquerai moi-même. »

Chaque matin, depuis lors, nous nous livrions le même assaut muet, furieux et stérile, dans la lumière d'aquarium de la pièce, à peine touchée par l'aube. Cette passion enivrée et platonique me brûlait la chair. Hélène remarquait bien mon désarroi et je crois qu'elle était très fière de son pouvoir. Mais, dans son imagination de vierge livresque, il était conforme à toutes les traditions qu'un fiancé fût, à la lettre, un soupirant. Il se serait conduit en goujat s'il avait essayé d'obtenir des satisfactions plus payantes.

Et ce qui me rendait enragé, c'était que sa sœur, j'en étais sûr, avait tout deviné. Agnès arrivait, après le départ d'Hélène, quand le piano élevait sa voix hésitante derrière les portes refermées.

« Bien dormi ?... Bien reposé ?... »

Elle me regardait, de ses yeux tâtonnants, qui semblaient toujours suivre, dans l'espace, d'invisibles déplacements de poussière ou de fumées. Elle portait une robe de chambre d'un jaune passé dont elle nouait la ceinture d'une manière de plus en plus négligée. J'apercevais sa chemise et le libre frémissement de ses seins sous l'étoffe bordée de dentelle. J'allumais une cigarette, pour occuper mes doigts et ma pensée. J'aurais dû quitter la place. Je ne pouvais plus bouger. Je ne cessais plus de me demander ce qui se passerait, si je tendais les mains vers Agnès...

« Servez-vous donc, me conseillait-elle gentiment, vous ne mangez plus. C'est l'amour qui vous travaille à ce point ?...

— Ecoutez, Agnès...

— Ne vous fâchez pas, Bernard... Je vous taquine... D'ailleurs, un filleul est forcément amoureux de sa marraine. Ou alors, pourquoi aurait-on inventé les marraines de guerre, hein ?

— Mais, je vous assure que...

— Eh bien, vous avez tort. Ma sœur mérite qu'on l'aime. Seriez-vous ingrat ? »

Je haussais les épaules, empêtré dans mon rôle et plein d'un désir honteux.

« Vous verrez, quand vous la connaîtrez mieux, continuait Agnès. Elle a toutes les qualités. C'est vraiment une femme de tête. »

Elle insistait sur le mot, mais avec tant de tact qu'il était impossible de savoir si elle se moquait. Parfois, elle écoutait.

« N'ayez pas peur, dis-je un jour, elle ne vous entend pas.

— Ne vous y fiez pas trop, murmura-t-elle. Rien ne l'empêche de laisser son élève jouer seul. »

Et je découvris qu'elle avait raison. Un matin, alors que je m'avançais vers la chambre d'Agnès, intrigué par les allures d'une petite vieille qui venait d'entrer, un grand panier au bras, je surpris Hélène, l'oreille collée à la porte. Le piano jouait une polonaise informe, très loin, derrière moi. Je n'eus que le temps de me dissimuler dans le grand salon. Désormais, je fus perpétuellement sur mes gardes et pris l'habitude, en entrant dans une pièce, de fouiller discrètement, du coin de l'œil, les parties sombres, autour des paravents, des armoires, des bahuts. Pour plus de sûreté, je fis brûler dans ma chambre tous mes papiers d'identité, ne conservant que le livret militaire de Bernard et les lettres que lui adressait Hélène. Surveillant de tous mes yeux, j'avais l'impression d'être surveillé, en quoi je me trompais certainement, mais le silence, la pénombre, les craquements des boiseries minées par l'humidité, tout me tenait dans une alerte perpétuelle. Je rôdais sans but, dans l'appartement, parmi les souvenirs de l'Exposition, les bibelots démodés, les portraits gourmés de plusieurs générations d'industriels et de magistrats. Je flairais l'odeur d'Hélène, précise, celle d'Agnès, fondante, et l'amour, parfois, me saisissait au ventre. Il aurait fait si bon... dans ces chambres mélancoliques où se déposait doucement la poussière, comme un pollen. Je ne me reconnaissais plus, moi qui avais déjà tant souffert par les femmes. J'avais formé le projet de travailler. En vain. Je passais mon temps à attendre l'heure des repas, le moment où je les retrouverais. Ce n'était pas drôle, pourtant. Elles s'adressaient à peine la parole. Et quand l'une me parlait, l'autre écoutait avec une intensité d'attention qui me faisait mal. Hélène mangeait du bout des dents.

« Allons, disait Agnès, prends du pâté.

— Merci... Je n'ai pas grand faim. »

Elle ne vivait guère que de pain, de pommes de terre, et de confiture, comme si les viandes, les conserves, les fromages qui chargeaient la table avaient été des mets empoisonnés. L'appétit d'Agnès semblait la dégoûter. Pour dissiper le silence qui se glissait entre nous, je racontais des histoires du stalag ; il m'arrivait aussi de répondre à des questions précises, sur mon enfance, sur ma vie, et j'étais sur le gril ; je devais inventer, ce qui m'était toujours pénible. Heureusement, Hélène n'insistait jamais. Il lui suffisait de me savoir là, près d'elle, dépendant d'elle. Seule, Agnès prenait plaisir à pousser ses investigations, à me questionner avec une indiscrétion familière qui agaçait Hélène. De toute évidence, il lui déplaisait que sa sœur s'intéressât à moi.

Un matin, alors que nos lèvres venaient juste de se séparer, elle me dit brusquement :

« Qu'est-ce que vous faites, tous les deux, quand je suis partie ?

— Mais, ma chérie ?... rien... on bavarde un peu.

— Jure-moi que tu m'avertiras si elle...

— Quoi ?... Qu'est-ce que tu crains ?

— Ah ! je suis folle, Bernard... Elle dispose de moyens que... »

La porte de l'antichambre grinça légèrement ; Hélène s'écarta de moi et ajouta d'un ton enjoué :

« Vous devriez sortir, Bernard, vous promener un peu. Vous êtes un homme libre, maintenant. »

C'était faux. J'avais été prisonnier ; maintenant, je me sentais séquestré.

Et la ville était à l'image de cet appartement feutré,

secret, plein de présences. Quand je m'éloignais, dans le petit jour brouillé de l'hiver, je m'égarais tout de suite dans des rues étroites où la brume roulait des songes. Tantôt, je débouchais sur les quais de la Saône, déserts, mouillés, sentant l'eau stagnante et le pilotis ; et tantôt je suivais des ruelles montantes, coupées d'escaliers, qui n'aboutissaient nulle part. Une fois, cependant, je découvris le Rhône dans une échappée de soleil. Un air plus vif chantait à mes oreilles. Le fleuve en crue dévalait puissamment, surmonté de vols de mouettes, et le désir de partir me secoua, comme une barque à l'attache qui tire sur sa chaîne. Mais ma vie, ma vraie vie, était là-bas, entre ces deux femmes qui tournaient autour de moi ; ou bien était-ce moi qui tournais autour d'elles ? Je me hâtai de rentrer. Je retrouvai avec une sorte de sensualité douloureuse l'enfilade solennelle des pièces vides et, comme l'écho d'un pays lointain, le son grêle et heurté du piano.

J'essayai d'initier Hélène à des caresses plus précises. A la violence de nos premières étreintes, je substituai la douceur. Elle se prêta tout d'abord à ces jeux, et un émerveillement se lisait sur ses traits flétris. Mais elle se retenait au bord de l'abandon, se cramponnait à mes épaules et ses yeux fouillaient l'ombre, derrière moi... Elle haletait.

« Non, Bernard... Elle va venir.

— Mais enfin, lui dis-je, à bout de patience, que craignez-vous au juste ? Agnès se doute bien que vous m'aimez. »

Hélène parut très effrayée par cette remarque.

« Oui, admit-elle, je crois qu'elle le sait. Mais je ne voudrais pas qu'elle sache que je vous aime *comme ça !*

— Il n'y a pas deux façons d'aimer, Hélène.

— Je ne veux pas qu'elle me voie... C'est une enfant !

— Une enfant... dégourdie.

— Mais non. C'est une malade, Bernard. Je n'ai même pas osé lui parler de... nos projets, tellement j'ai peur qu'elle soit jalouse... C'est moi qui l'ai élevée, cette petite.

Elle avait retrouvé toute sa dignité ; elle me contemplait, maintenant, avec une sorte de répulsion incrédule.

« C'est mal, ce que vous faites, dit-elle.

— Alors, ne m'approchez pas, Hélène. Ne m'embrassez pas. Ne me tentez pas. »

Elle passa sur mes yeux sa main maigre.

« Oui... J'ai peut-être tort. Mon pauvre Bernard !... C'est si beau, cet amour. Il ne faut pas le salir... Vous m'en voulez ? »

Non, je ne lui en voulais pas. Ma colère se tournait plutôt contre Agnès. Je la guettais ; je m'embusquais sans cesse près de sa chambre. Elle recevait toujours des visiteurs bizarres, un ou deux le matin, deux ou trois l'après-midi. Presque toujours des femmes, les unes élégantes, les autres très simplement mises, et chacune apportait un petit paquet. A force de chercher, j'avais imaginé une explication satisfaisante : Agnès devait posséder un don de guérisseur. Cela expliquait tout, les larmes comme les cadeaux. Mais cela expliquait-il le visage égaré des gens qui sortaient, la gratitude de leurs remerciements, leur émotion, le bouleversement qu'ils ne parvenaient pas à maîtriser ? Ils semblaient malades *en partant.* Je restais, fasciné, dans l'encoignure de la porte, observant toutes ces femmes qui se succédaient, dans la chambre d'Agnès, avec le mouvement de buste, l'allure vaincue de coupables se glissant dans un confessionnal. Et j'avais envie, moi aussi, d'entrer à leur suite, d'avouer mon amour à Agnès car je commençais à l'aimer, j'avais besoin de son corps mince qu'elle promenait, chaque matin, sous mes yeux, si effrontément ; je ne songeais plus qu'à elle. Mais peut-être songeait-elle beaucoup à moi, car je surprenais souvent son regard fixé sur mes mains ou mon visage et elle ne pouvait passer à côté de moi sans m'effleurer. Nous étions comme chargés d'électricité, tirés l'un vers l'autre. Ce fut elle qui céda la première. Hélène venait à peine de nous quitter, après le déjeuner. Elle emportait la vaisselle à la cuisine tandis qu'Agnès balayait les miettes. On entendait les talons d'Hélène qui s'éloignaient, Agnès posa le balai contre la table et, se retournant contre moi :

« Vite, supplia-t-elle... Bernard... Bernard... »

Sa bouche s'entrouvrait. Je me penchai sur elle. Un cri sourd nous traversa ensemble ; le monde tournait, autour de nous ; ses mains cherchèrent les miennes, les guidèrent vers sa poitrine, vers ses flancs. Nous oscillions, emportés dans une tempête, et nous ne perdions rien, cependant, des bruits d'argenterie remuée qui venaient de la cuisine ; nous savions que nous pouvions encore... encore... jusqu'à suffoquer. Les pas revenaient. Ils avaient dix mètres à parcourir, neuf... huit... sept...

Agnès reprit son balai. J'allumai une cigarette.

« A propos, dit Hélène... Vous devriez bien écrire à Saint-Flour, pour votre extrait de naissance, Bernard.

— Oui, je vais le faire. »

Elle n'avait rien remarqué. Nous nous séparâmes pour l'après-midi sur des sourires et des poignées de main et j'allai, la tête complètement vide, écrire ma lettre. Je passai dehors, contrairement à mes habitudes, toute cette fin de journée. Je marchai pendant des heures, dans une grisaille froide, sans trouver d'apaisement. J'étais fou. Je courais au-devant de la catastrophe. Si Hélène découvrait... En vain je m'efforçais de juger froidement la situation. Je sentais que j'avais mis en mouvement des forces qui nous balayeraient tous. A voir les choses de sang-froid, bien sûr, il ne pouvait m'arriver rien d'autre que de partir, chassé comme un escroc. Mais, dans cette maison, rien n'était simple. J'avais l'impression de vivre, là-bas, dans un nuage d'orage d'où pouvait, à chaque instant, jaillir un fluide meurtrier. Bernard !... Bernard !... Qu'aurait-il fait à ma place ? Est-ce qu'il n'apportait pas, partout, l'équilibre, la santé ? Il avait suffi que je me présente sous son nom... La colère me prenait. C'était Bernard qui m'avait poussé dans le piège. J'allais devenir légalement Bernard Pradalié. Je le haïssais et, ma parole, je commençais à le craindre, comme si un être retourné à la terre, à la boue, avait encore le pouvoir d'agir sur les vivants.

La nuit était tombée. Des clochers, comme le premier soir, se répondaient au-dessus de la ville obscure. Je revenais sur mes pas, presque malgré moi ; je marchais de plus en plus vite. J'avais besoin de mon poison. C'était l'heure où le dîner allait rapprocher nos visages ? A la fin, je courais...

Elles m'attendaient autour de la table servie, Agnès à la gauche d'Hélène, et toutes deux souriantes. Je souris à mon tour.

« Vous avez l'air fatigué, dit Hélène.

— C'est que j'ai beaucoup marché. »

Nous étions trois amis rassemblés ; nous bavardions aimablement ; une lumière tamisée laissait nos yeux dans l'ombre et cela valait mieux. Je songeais que des liens, aussi forts que ceux du sang, nous rivaient les uns aux autres et que, pourtant, chacun ignorait tout des deux autres, et ce jeu terrible de l'amour sous le masque troublait agréablement je ne sais quel sombre côté de ma nature.

« Est-ce que vous lisiez, au stalag ? demanda Hélène.

— Certainement. Nous avions même des bibliothèques assez bien pourvues. Je me rappelle que... »

Je me rattrapai à temps et m'empressai de bifurquer.

« Moi, je n'ai jamais été très porté sur la lecture, faute de loisirs. Mais certains de mes camarades lisaient du matin au soir.

— Gervais Laroche, par exemple ? dit Agnès.

— Heu... oui... Gervais était du nombre. Grâce à lui, j'ai appris beaucoup de choses.

— Je commence à me le représenter assez bien, d'après vos propos, reprit Agnès... Un garçon plutôt fort, très brun...

— Pourquoi très brun ? interrompit Hélène.

— Je ne sais pas... Une idée à moi... Le nez charnu... avec une verrue... non deux... près de l'oreille... l'oreille gauche...

— Tu divagues, ma pauvre petite, maugréa Hélène... N'est-ce pas Bernard ?... Mais... »

J'avais cessé de manger. Mes mains, posées à plat sur la nappe, tremblaient en dépit de tous mes efforts.

« Qu'est-ce que vous avez, Bernard ? murmura Hélène.

— Rien... je n'ai rien... C'est ce portrait de Gervais qui me... Gervais avait bien deux verrues près de l'oreille gauche. »

Hélène paraissait maintenant plus bouleversée que moi.

« Eh bien, dit Agnès, qu'est-ce qu'il y a de drôle ? »

Nous nous regardions, immobiles. « Elle l'a connu, pensai-je, elle me tient... elle me tient ! » Et je m'objectai aussitôt. « Elle n'a pas pu le connaître. C'est rigoureusement impossible. » Mais je m'aperçus très vite que les deux sœurs ne faisaient pas attention à moi. Elles paraissaient s'affronter, se défier,... régler quelque vieux et incompréhensible différend.

« Pourquoi me serais-je trompée ? » disait Agnès.

Elle s'adressait à Hélène et l'ombre d'un sourire jouait sur ses lèvres. Elle cachait à peine une expression de dédain. Elle ajouta paisiblement, comme pour couper court à une discussion oiseuse :

« Je suis même certaine que Gervais était de ces hommes qui ont la barbe très forte, ce qui leur fait les joues bleues... »

Elle se tourna vers moi, pour me prendre à témoin.

« Exact, murmurai-je.

— Tu vois », dit-elle à sa sœur.

Hélène avait baissé les yeux ; elle roulait une boulette de mie de pain longuement, longuement. Agnès s'adressa à moi :

« Je vois souvent des choses comme ça. Mais Hélène ne veut pas me croire. »

Hélène ne répondit pas. Elle se leva, me tendit la main.

« Bonsoir, Bernard. »

Et sortit.

« Bonsoir, Hélène ! » cria Agnès.

Elle éclata de rire, haussa les épaules.

« La pauvre, fit-elle à mi-voix, elle me prend toujours pour une gourde. Donnez-moi une cigarette, Bernard... Une sœur aînée, ce n'est pas drôle. Vous avez dû vous en apercevoir, avec Julia.

— Julia ?

— Il est vrai que vous étiez un garçon. Ce n'était pas la même chose. Mais moi !... »

Elle fumait nerveusement, soufflait de grosses bouffées qui roulaient sur la nappe.

« Si je n'étais pas là, pourtant... Ce n'est pas son piano qui nous donnerait à manger. Telle que je la connais, elle est là, derrière la porte, qui nous écoute... J'aime mieux aller me coucher, tenez ! »

Elle écrasa la cigarette dans son assiette et partit sans me regarder. J'allai ouvrir la fenêtre. J'étais à bout. Voyons ! Il venait de se passer quelque chose d'extraordinaire !... Avait-elle rencontré Bernard, avant la guerre ? Bernard s'était arrêté plusieurs fois à Lyon. Mais, à ce moment-là, Agnès était encore une gamine. Et, s'il avait connu sa famille, Hélène, dans ses lettres, lui aurait parlé d'Agnès. De tout cela, j'étais absolument sûr. En outre, Agnès croyait faire le portrait de Gervais, mon propre portrait, quand elle décrivait le visage de Bernard. Elle ne connaissait donc pas Bernard. Il s'agissait d'une coïncidence. Mais on ne tombe pas fortuitement sur des détails d'une précision aussi stupéfiante. Alors ?...

J'étais malade d'angoisse et il me fut bientôt impossible de rester plus longtemps le dos tourné à la salle à manger. Je refermai les fenêtres et fis face... au vide, au silence, à la lampe qui éclairait les chaises repoussées, les serviettes jetées à côté des assiettes. Je n'étais pas plus en danger que les jours précédents et, cependant, je sentais avec force qu'une menace s'était rapprochée. Si Agnès était capable de lire les visages, est-ce qu'elle n'était pas capable de lire aussi les pensées ?... Heureusement, elle m'aimait. Ou bien cherchait-elle seulement à me voler à Hélène ?... Accablé, je m'enfermai dans ma chambre et marchai une partie de la nuit, de l'alcôve à la croisée. J'entendais rouler des trains, au loin, passer des voitures. Une troupe en armes longea la rue, dans un bruit cadencé de bottes. Bernard ! J'avais besoin de toi, maintenant. Et tu n'étais plus là...

Je m'endormis enfin, toujours irrésolu et divisé. Quand je m'éveillai, le piano jouait une étude de Cramer, et je m'aperçus que le son était beaucoup plus clair, plus proche, comme si les portes avaient été laissées, à dessein, ouvertes. La voix d'Hélène me parvenait presque distincte... Je m'habillai, expédiai ma toilette et retournai dans la salle à manger. Oui, Agnès était là. Je ne songeais même plus à résister. Je l'écrasai contre moi, fouillant sous le peignoir dénoué. C'était moi, l'affamé, le moribond, et je ne serais plus jamais rassasié d'elle. Nous gémissions, bouche à bouche, à quelques pas du piano qui détaillait lentement ses gammes. Le téléphone sonna et ce fut comme un coup qui nous fit tressaillir à la même seconde. Nous n'arrivions plus à nous déprendre mais, instinctivement, nous avions pivoté sur nous-mêmes pour surveiller le couloir.

« Encore ! » chuchotait-elle.

Le téléphone insistait. Hélène savait forcément que nous étions dans la salle à manger et, de nouveau, nous allions au bout du risque, comme si le paroxysme avait été la condition même de cet amour qui nous liait comme deux bêtes qui se sont enfin rejointes. Le premier, je m'arrachai des bras d'Agnès.

« Allez répondre, vite !

— Tu viendras me retrouver, après ? »

Je me gardai de rien promettre. Un reste de prudence m'incitait à rester sur la défensive. Je demeurai dans ma chambre une partie de la matinée. Ce fut un peu plus tard que je fis ma découverte la plus étrange ; je m'étais aventuré dans le petit salon d'Agnès, pour écouter. Il y avait un placard, auprès de la cheminée. Je l'ouvris ; il était plein d'objets entassés pêle-mêle : gants de femme, cravates, soldats de plomb, mouchoirs, photographies d'hommes et de jeunes gens, et, sur le tas de jouets, d'étoffes et de bibelots, je vis une natte blonde qui avait l'éclat et la souplesse de la vie, comme si elle venait d'être tranchée. Dans la chambre coulait un petit bruit de sanglots. Je l'écoutai longuement. De toutes mes forces, je refusais de voir la vérité.

CHAPITRE V

Je ne demeurais jamais plus de quelques minutes aux écoutes, par prudence. J'allais donc me retirer quand un bruit anormal m'immobilisa au milieu du salon, un choc sourd, comme si quelqu'un venait de tomber. Le parquet avait vibré, sous mes pieds, et les pendeloques de lustre tressaillaient encore. J'hésitais, partagé entre la curiosité et la crainte, mais rien ne bougeait, à côté. On ne parlait pas ; les pleurs avaient cessé. J'entendis cependant le tintement d'un verre, ou d'une bouteille, et un filet d'eau coula dans un lavabo. « Je deviens idiot, pensai-je. Elle a peut-être renversé un meuble et, tout de suite, je dramatise ! » Le silence était total, maintenant ; il emplissait la pièce comme un fluide ; je le respirais jusqu'à l'étourdissement et un tel silence commençait à me paraître plus étrange que tout le reste. Le piano, quelque part, ânonnait du Chopin. Je revins sur mes pas et tendis la main vers la poignée de la porte ; allais-je entrer ? Et après ? Qu'est-ce que je dirais ? Agnès me prierait de filer et elle aurait raison. C'était tout de même étrange, cette soudaine absence de vie. Comme toujours, la clef était dans la serrure et il était impossible de regarder dans la chambre.

« Qu'est-ce que vous faites là ? »

Je me redressai d'un bond. Hélène me dévisageait avec un regard si intense que j'en fus effrayé. La méfiance, la ruse, le chagrin, un tumulte de passions maîtrisées à grand-peine figeait ses traits en un masque blanc, pitoyable. A la violence, d'instinct, j'opposai la violence.

« Taisez-vous donc ! dis-je... J'aimerais bien savoir ce qui se passe derrière cette porte. Tout à l'heure, j'ai entendu un grand bruit... J'ai l'impression que quelqu'un est tombé... »

Hélène s'approcha et joignit les mains.

« Ça devait arriver, murmura-t-elle.

— Quoi ?... Qu'est-ce qui devait arriver ? »

Elle m'écarta et frappa à la porte.

« Agnès... Ouvre !... Tout de suite !... Je te prie d'ouvrir ! »

Nous écoutâmes ensemble et nos fronts se touchaient presque.

« A force de jouer avec le feu... », dit encore Hélène, entre ses dents.

C'était la colère qui faisait trembler sa voix. Je tournai la poignée sans succès. La porte était fermée à clef.

« Agnès... Si tu... »

La porte s'ouvrit. Agnès parut, dans l'entrebâillement.

« Ah ! vous voilà, dit-elle, avec une sorte de mépris. Eh bien, entrez... Vous voyez... »

Sur le tapis, devant la fenêtre, la visiteuse était étendue ; sa tête reposait sur un oreiller ; une serviette roulée en compresse lui cachait le front et les yeux. Près d'elle, sur un guéridon, il y avait une petite charrette avec un cheval en bois découpé, un de ces jouets de quatre sous que les gosses chérissent sauvagement.

« Elle est évanouie, expliqua paisiblement Agnès. Je n'arrive pas à lui faire reprendre connaissance.

— Tu es complètement folle ! cria Hélène. Cette femme peut mourir...

— Mais non. Qu'est-ce que tu vas chercher ?

— Il faudrait peut-être appeler un médecin ? » proposai-je.

Hélène haussa les épaules avec impatience.

« Un médecin !... Pour faire un scandale ! »

Elle s'agenouilla près de la jeune femme, lui souleva la tête sans ménagement.

« L'eau de Cologne, vite ! »

Et, tandis que sa sœur passait dans le cabinet de toilette, Hélène m'expliqua rapidement :

« Elle prétend qu'elle possède un don de voyance. Et elle trouve d'autres folles qui la croient... Voilà le résultat !... Bernard, j'aurais dû vous mettre au courant... dès le début... Mais on n'avoue pas ces choses-là facilement... Alors, cette eau de Cologne ! »

Agnès apporta des fioles, des serviettes de toilette.

« C'est fini, ma petite, dit rageusement Hélène. J'en ai assez de tous ces gens qui veulent en savoir plus long que les autres. »

Elle s'activait, frottait le visage de l'inconnue avec de l'alcool qu'elle recueillait dans le creux de sa main, et qui répandait une odeur âcre et piquante.

« Comme si le présent ne suffisait pas !... On veut aussi connaître l'avenir... C'est insensé... Relevez-la, Bernard. »

Je soulevai le buste inerte de la jeune femme, Hélène la gifla quatre fois, avec une violence qui ne se contenait plus. Agnès voulut s'interposer.

« Tu en mériterais autant, s'écria Hélène. Jusque-là, j'ai patienté, mais ça suffit, tu entends !

— J'ai bien le droit...

— Rien du tout. Tu te tiendras comme tu dois le

faire, ou bien tu t'en iras sur les foires, avec les marchands de chansons et les avaleurs de sabres.

— Ah ! mais, tu m'embêtes... J'en ai assez de crever de faim, moi. C'est bien beau, la famille et les traditions, mais c'est un peu dépassé, je t'assure. »

Là-bas, le piano s'évertuait toujours. La jeune femme pesait lourd, dans mes bras.

« Il faudrait peut-être l'étendre sur le lit ? » proposai-je. Mais elles ne m'écoutaient plus.

« J'ai honte pour toi, continuait Hélène. Berner les gens comme ça ! Leur raconter n'importe quoi ! Mentir pour le plaisir !

— Je ne mens pas. Et je leur donne un peu de bonheur, si tu peux comprendre cela. Je leur parle de leurs disparus.

— Ecoutez-la ! Elle est plus forte que les prêtres, plus forte que tout le monde !... Ma pauvre petite, il est temps, décidément, que j'intervienne.

— Je te prie de me laisser tranquille. Je ferai ce que je voudrai. Je suis chez moi. »

La jeune femme bougea et je remarquai qu'elle avait ouvert les yeux.

« Un peu de silence, dis-je. Elle vous écoute.

— Oui, s'écria Agnès. Tais-toi !... Laisse-moi m'occuper d'elle.

— Pourquoi s'est-elle évanouie ? demandai-je.

— L'émotion. Je lui parlais de son petit garçon qui est mort... Je le voyais... Son petit Roger !...

— Roger ! » répéta l'inconnue. Elle se remit à pleurer. Je la soulevai, non sans peine, et l'assis dans un fauteuil.

« Est-ce que ça va un peu mieux ?

— Oui... Je crois... »

Hélène lui prit la main.

« Vous allez rentrer chez vous, ordonna-t-elle. Vous ne penserez plus à rien. Vous vivrez bien courageusement... et vous ne reviendrez plus ici, parce que tout ce qu'on vous a raconté, c'est faux... Votre petit Roger, je ne sais pas où il est... personne ne le sait... Personne ne peut le voir... C'est un mystère qu'il faut respecter ! »

La jeune femme tourna vers Agnès son visage désespéré. Agnès était très pâle.

« Moi, affirma-t-elle, je le vois.

— Partez ! supplia Hélène, Bernard, soutenez-la.

— Vous êtes contre moi, Bernard, fit Agnès... Et pourtant, vous savez, vous, que je suis sincère. »

Hélène, d'une main preste, nouait autour de la tête de la visiteuse l'écharpe qui avait glissé sur le tapis ; elle reboutonnait le manteau noir, fourrait dans le sac la petite charrette, poussait la femme vers la porte.

« Roger...

— Du courage, chuchotait Hélène... Venez... Vous pouvez marcher, n'est-ce pas ?

— Jette-la dehors, pendant que tu y es ! cria Agnès.

— Marchez devant, Bernard, dit Hélène. Vous m'avertirez s'il y a quelqu'un dans l'escalier. »

J'ouvris la porte du palier.

« Ça va ! »

Hélène lâcha la jeune femme.

« Partez, maintenant. Je vous défends de revenir.

— Oui, madame. »

Nous écoutâmes son pas hésitant qui descendait. Je voyais la tache blanche de sa main qui suivait les courbes de la rampe.

« Ne restons pas là », murmura Hélène... Elle soupira... « Vous devinez comme j'ai du goût à faire de la musique.

— Il y a longtemps que ça dure ?

— Deux ans... C'est une amie qui l'a initiée... Au début, je laissais faire... Je croyais que c'était un enfantillage... Et puis, elle a acheté des livres ; elle a reçu ici des gens qui ne me plaisaient guère. Elle voyait bien que je ne l'approuvais pas, alors elle a continué. Surtout quand elle a compris qu'elle pouvait tirer parti de la crédulité d'un tas de malheureux... En ce moment, quelle est la famille qui n'a pas un disparu... ?

— Mais... comment a-t-elle réuni... cette... clientèle ?

— Bah ! ces choses-là se répètent, dans les queues, partout !

— Et... vous pensez vraiment... qu'elle n'a aucun don ?

— Voyons, Bernard !... Vous ne prenez pas au sérieux de telles sornettes, je suppose. Elle, un don ! »

Elle eut un petit rire et me quitta brusquement. Le piano avait cessé de jouer. Je décrochai mon imperméable... J'étais incapable de supporter plus longtemps l'atmosphère de cette maison. J'avais besoin de marcher, de réfléchir, et pourtant, je savais d'avance que j'allais me heurter à un problème insoluble, toujours le même...

Les murs gris des quais plongeaient dans l'eau noire. La Saône dormait au bas des escaliers, reflétant les ponts, les nuages, les façades ; les pierres semblaient moins réelles que leur image au fil du courant, et je me demandais inlassablement comment Agnès avait pu inventer les deux verrues, recomposer avec une netteté bouleversante le visage de Bernard, d'un homme qu'elle ne connaissait pas du tout puisqu'elle continuait de l'appeler Gervais. J'aurais été le vrai Bernard, j'aurais partagé spontanément les préventions d'Hélène et j'aurais dit à Agnès : « Il faut changer d'air, mon petit ! » Mais il se trouvait que j'étais Gervais ! Bien des fois, quand je découvrais le thème d'une mélodie, quand je traquais, pendant des jours, un air qui s'offrait, puis se dérobait, pour revenir me tenter et s'enfuir encore, je sentais que la musique était là, qu'elle vivait, invisible, autour de moi ; je ne l'inventais pas ; elle se laissait prendre. Je la discernais comme une forme au milieu d'un brouillard ; et la forme devenait silhouette et les notes apparaissaient, sur une portée inexistante et pourtant réelle. Je savais, par expérience, que l'art est, lui aussi, une vision intérieure... Le concerto que j'avais commencé à écrire, avant la guerre, je l'avais vu sortir de ma nuit, de mon vide, des espaces inexplorés de mon esprit. Peut-être, au lieu de notes, aurais-je pu distinguer un visage ?... Mais alors, si Agnès possédait vraiment le don de clairvoyance... j'étais perdu !... J'étais forcément perdu, car elle s'appliquerait à mieux voir, et l'image de Bernard se préciserait, s'animerait. Il finirait par dire : « Je suis Bernard !... » Ou bien elle s'attacherait à moi, à mon passé, à tout ce que je m'efforçais de refouler derrière les portes closes de ma mémoire... elle apercevrait ma femme, dans un canoë, une gorge profonde, l'eau noire, l'homme à l'arrière, le coup de pagaie malheureux... Elle me montrerait du doigt : « Vous êtes Gervais !... » Je me penchais sur le parapet ; en bas flottait mon visage comme un poisson malade. J'avais voulu, plus ou moins consciemment, changer de peau et Bernard me trahissait, se retirait de moi ; mon visage blême, porté sur des moires qui le déformaient, l'étiraient comme une méduse, surnageait le long des pierres, et des vairons le picoraient. Je me redressai comme un très vieil homme. La ville s'arrondissait autour de moi, percée de mille cheminements, creusée de mille cachettes. J'étais las de fuir. Il n'y avait plus qu'à laisser Agnès aller jusqu'au bout. Bernard ou Gervais, le résultat serait le même !

Je revins, parce qu'il était l'heure de déjeuner et que j'avais faim. Hélène se mit à table la première et ne prononça pas un mot. Agnès, de nous trois, paraissait la plus naturelle. Sa myopie lui permettait de nous regarder sans nous voir. Et moi, je devais avoir l'air d'un coupable quand je tendais la main vers les plats et déposais dans mon assiette le jambon, le bœuf, le fromage gagnés par l'industrie d'Agnès. la tension était intolérable. Mais, le soir, elle le fut plus encore. L'électricité était revenue dans notre quartier et le lustre de la salle à manger jetait dans la pièce une lumière de fête. Nous mangions, nous nous entendions manger ; le choc d'une fourchette au bord d'une assiette, le bruit du pain écrasé entre les dents, tout devenait insupportable. Je sentais dans mes os la contrainte, l'affreux ennui qui avaient dû pousser Agnès vers ses distractions clandestines et, de nouveau, une affreuse, une inavouable curiosité me poussait vers elle.

Quand nous nous séparâmes plus froids et distants que des voyageurs rassemblés par le hasard autour d'une table d'hôte, je m'arrangeai pour passer derrière Hélène et la tirer par la manche. Ensuite, j'allai fumer une cigarette dans le grand salon. Elle m'y rejoignit quelques minutes plus tard.

« Vous vouliez me dire quelque chose, Bernard ?

— Oui... Cela ne peut plus durer, vous vous en rendez bien compte ! Nous sommes là, comme des fauves enfermés dans la même cage... toujours prêts à se dévorer...

— Oh ! je suis habituée. Pour moi, il y a des années que cette situation se prolonge...

— Et vous n'avez trouvé aucune solution ?

— Non. Aucune... Mettez-vous à ma place, Bernard... Agnès est ma demi-sœur. Mon père avait hérité une grosse entreprise ; sa deuxième femme, la mère d'Agnès, a tout gaspillé avant de mourir... Il l'avait ramassée dans je ne sais quel casino, c'est tout vous dire... Pauvre papa !... Il s'est tué à la tâche, pour essayer de remonter le courant. J'ai élevé Agnès, de mon mieux... Ça vous ennuie que je vous raconte toutes mes misères ?

— Voyons, Hélène !

— Avant la guerre, j'arrivais à vivre. Mon père nous avait laissé deux immeubles, celui-ci qui appartient à Agnès, et un autre, à Vaise, qui est à moi mais que je ne trouve pas à vendre parce que les locataires ne paient pas leur loyer.

— Oui, je comprends. »

Hélène fit quelques pas vers la porte du vestibule, écouta soucieusement, puis revint et baissa la voix.

« J'ai toujours eu du mal, avec Agnès. Au fond, elle a la même nature que sa mère. On lui doit tout ; rien n'est assez bon pour elle. Vous pensez qu'elle se rappelle toute la peine que j'ai prise ? Ce serait mal la connaître. Vous avez vu ce qui s'est passé ce matin.

— Justement, Hélène... Il y a là quelque chose qu'il faudrait tirer au clair. Supposez qu'elle ne simule pas. »

Hélène explosa d'une fureur silencieuse et me prit aux poignets.

« C'est une menteuse, chuchota-t-elle. Une menteuse et une malade ! Oui, une malade ! Elle a essayé de se tuer, il y a quelques années... Au véronal... Sous prétexte qu'elle était malheureuse... Ne vous laissez pas faire, Bernard... Elle est capable de tout. »

Je me dégageai doucement et passai un bras autour de ses épaules.

« Allons ! du calme !... Je vous croyais pondérée et voilà que vous êtes plus nerveuse que votre sœur. Je dis : supposez qu'elle ne simule pas. Car enfin, vous ne pouvez pas prouver qu'elle simule. Elle a bien su nous décrire Gervais... Dans ce cas...

— Ce serait encore pire, coupa Hélène. Je sens qu'elle me ferait horreur. J'ai déjà bien assez honte comme ça. Tous les amis de ma famille m'ont tourné le dos, les uns après les autres. Je suis seule... seule...

— Seule... avec moi, Hélène. »

Des larmes jaillirent de ses yeux. Elle appuya sa tête sur ma poitrine.

« Emmenez-moi, Bernard... J'en ai assez de cette vie... Il y a des jours où je suis trop malheureuse... J'ai peur. J'ai peur d'elle. Epousez-moi... Les formalités ne durent pas longtemps. Nous nous en irons tout de suite où vous voudrez... Pourvu que ce soit loin... Elle restera ici. »

Je n'avais pas prévu que notre conversation prendrait ce tour embarrassant.

« Ecoutez, dis-je... Vous avez sans doute raison, mais avant de décider quoi que ce soit, il faut savoir si votre sœur ne s'expose à aucun danger en restant ici.

— Quel danger ?

— Vous venez de dire vous-même que c'est une malade. Faites-moi confiance, Hélène. J'ai l'intention d'observer Agnès, de la faire parler, de voir si elle triche ou si elle est sincère. Il le faut.

— Je ne veux pas vous perdre.

— Mais il n'y a pas le moindre danger, Hélène.

— Vous êtes sûr de m'aimer ?

— Absolument sûr. »

Je piquai dans ses cheveux quelques baisers, satisfait de la permission implicite qu'elle venait de me donner, et fis mine de l'accompagner vers sa chambre.

« Non, dit-elle, je vous le défends bien. »

Je détestais ses coquetteries et me gardai d'insister. J'avais hâte, maintenant, de rencontrer Agnès. Je la guettai tout un jour sans parvenir à l'approcher. Elle arrivait la dernière, dans la salle à manger, partait la première, s'enfermait dans sa chambre. Je semblais ne plus exister pour elle. Mon inquiétude et mon ressentiment grandissaient d'heure en heure. A la fin, je n'y tins plus. J'allai frapper à sa porte, carrément. Elle m'ouvrit, l'œil trouble, le visage maussade.

« Qu'est-ce que c'est ?

— Puis-je entrer un instant, Agnès ? Rien qu'une minute...

— C'est ma sœur qui vous envoie ?...

— Mais non.

— Alors faites vite... »

Je n'avais rien prémédité, rien prévu. A peine la porte fut-elle refermée, je pris Agnès dans mes bras. Je ne voulus rien, je le jure, de ce qui suivit. J'étais comme un malade sous l'anesthésique : je voyais, j'entendais, mais dans une sorte d'autre existence. Le plaisir me brûla comme un fer planté dans ma chair. J'ouvris la bouche pour hurler ; la main glacée d'Agnès me bâillonna. J'étouffais ; j'étais hors de moi ; je roulai sur le flanc, le cœur cognant dans ma gorge à coups lourds. Une pensée surnageait, dans la déroute de mes nerfs. « Elle me connaît... Elle me voit jusqu'au fond... Elle sait... Elle sait tout... » J'ouvris les yeux. Les siens étaient fixés sur moi, comme deux étoiles chaudes.

« Bernard, murmura-t-elle... Tu es venu... Si j'avais su...

— Tu regrettes ?

— Tais-toi ! »

Ses mains se promenaient sur mon front, sur mes joues. C'était maintenant qu'elle prenait possession de moi. Je ne bougeais plus, tout entier abandonné à cette exploration, à cette lecture du bout des doigts qui pénétrait bien au-delà de ma peau, jusqu'aux pensées que j'aurais voulu taire.

« Tu entends, dit-elle encore... Elle joue du piano.

— Oui... du Fauré.

— Comme tu es savant ! »

Je tournai la tête, pour mieux la regarder. Elle posa sa bouche sur mes yeux, pour les fermer. Son souffle était moite, un peu fade, sucré ; il faisait trembler mes cils après avoir puisé dans sa poitrine la chaleur de la vie et, pourtant, j'étais incapable, moi, de deviner ce qu'elle ressentait, à cet instant. Je ne me posais même plus de questions. Je gisais, dans un engourdissement voluptueux. C'était vers cette femme que je m'étais dirigé en tâtonnant, à travers la ville plongée dans la nuit. C'était sans doute pour elle, sans le savoir, que j'avais accompagné Bernard.

« Elle t'a parlé de moi, n'est-ce pas ?... Elle t'a dit que j'étais à moitié folle, que j'avais tenté de me suicider... Elle t'a dit aussi que je racontais n'importe quoi aux gens, que j'aimais les voir souffrir... Oh ! Je sais ce qu'elle pense... Elle est jalouse ; elle aurait voulu disposer de moi, toujours... Et toi, qu'est-ce que tu lui as répondu ?... Non, j'aime mieux l'ignorer... Cela me ferait de la peine, maintenant.

— Comment ! murmurai-je... Tu ne t'en doutes pas ?

— Non... Je ne suis pas encore assez habile. »

Je me redressai sur un coude.

« Chut !... fit-elle. Je crois qu'elle est là. »

De nouveau, le silence, ce silence qui me détraquait. Agnès continuait à parler, en remuant à peine les lèvres.

« Elle traverse le salon... elle se penche... près de la porte... elle est toujours là... On ne l'entend pas approcher, mais moi, je la sens, j'ai l'habitude... En ce moment, elle me déteste encore plus parce qu'elle sait que tu es avec moi. »

Je l'écoutais, fasciné. Jouait-elle la comédie, ou bien avait-elle vraiment conscience de ce qui se passait derrière la porte, possédait-elle un flair mystérieux, un de ces instincts de bête ou d'insecte qui mettent en échec la raison ?

« Tiens... tu l'entends ?... Elle vient de s'approcher de la fenêtre... Elle doit attendre un élève... Elle souhaite qu'il soit en retard... pour rester plus longtemps. »

La sonnette résonna dans le vestibule, et une lame de parquet grinça, du côté de la porte.

« Elle ne va pas ouvrir tout de suite... Elle doit donner l'impression qu'elle traverse tout l'appartement... Là... elle ouvre... Chère Hélène ! »

Un sourire imperceptible lui tirait le coin de la lèvre. Ses yeux, par-dessus moi, fixaient le mur, se déplaçaient lentement comme s'ils avaient suivi Hélène de pièce en pièce, et son sourire, peu à peu, découvrait ses dents.

« Tu ne vois rien du tout, dis-je. Tu te moques de moi. »

Elle me regarda comme si j'avais été un étranger couché sur son lit, puis me caressa le visage.

« Il y a vingt ans, observa-t-elle, que je l'entends marcher autour de moi. C'est elle, sans le vouloir, qui m'a appris à deviner ce que les autres ne remarquent pas.

— Je comprends, dis-je, reprenant espoir. Tu observes les gens et, d'après leurs gestes, leurs paroles, tu...

— Non, pas du tout... J'aperçois des images, tout à coup. Par exemple, à côté de toi, l'autre jour, j'ai vu l'image de Gervais. Elle flottait autour de toi, comme si la figure de ton ami avait essayé de se substituer à la tienne. C'est très difficile à expliquer. Souvent, ce sont des couleurs qui apparaissent devant moi... ou bien encore des fleurs... les fleurs blanches signifient que les projets de la personne vont se réaliser... les fleurs rouges, au contraire, qu'elle court un danger... Pendant longtemps, j'ai ignoré ce que tout cela voulait dire... Je croyais que tout le monde était comme moi et voyait des choses... Et puis, un jour, après une visite, je demandai à ma sœur : « Pourquoi cette dame porte-t-elle un chrysanthème, « à cette saison ? » « Quel chrysanthème ? » dit ma sœur... Le lendemain, la dame en question était morte... C'est comme ça que j'ai compris... Tu étais intrigué, n'est-ce pas, Bernard ?... Elle t'avait persuadé que j'étais une menteuse, avoue-le... Eh bien, non, je ne le pense pas... ou si je mens, c'est malgré moi, c'est que j'interprète mal ce que je vois... et ça, c'est toujours possible. Ainsi, je ne voudrais pas t'inquiéter, mais je crois qu'il vaut mieux t'avertir... Depuis hier, je distingue une forme près de toi... Elle n'est pas nette, mais c'est une silhouette de femme... Je ne sais pas quelle femme... »

Elle dut sentir que je me tendais, prêt à me défendre, car elle laissa sur mon front sa main froide, comme pour m'apaiser.

« Une femme brune, il me semble... J'ai l'impression qu'elle se rapproche... C'est peut-être qu'elle va t'écrire...

— Je ne connais aucune femme, dis-je avec brusquerie. Cette consultation a suffisamment duré.

— Ne te fâche pas, Bernard. Je me trompe souvent. »

Elle voulut m'embrasser. Je la repoussai et entrai dans le cabinet de toilette. Je ne pouvais plus supporter le contact de ce regard plein de brume, le son de cette voix enrouée. Quant à la femme brune, il y avait des années qu'elle avait cessé de me tourmenter. J'avais été assez malheureux, avec elle. J'avais assez payé. Je me baignai le visage, m'ébrouai. Voilà que je me laissais impressionner, moi aussi, comme les bonnes gens qui venaient ici et qui racontaient ingénument leur vie. Si Agnès espérait que j'allais tout lui dire ! Si elle comptait se faufiler dans mon passé ! Trop jeune, ma fille !

« Et naturellement, criai-je avec un enjouement affecté, cette femme me veut du mal ?

— Naturellement », dit Agnès.

CHAPITRE VI

Rien n'avait changé, en apparence. Hélène donnait ses leçons de piano. Agnès recevait ses visiteuses. Les deux sœurs continuaient de s'ignorer. Mais nous étouffions tous les trois. Les repas devenaient d'épuisantes épreuves. Autour de la table abondamment servie, nous avions l'air de malades qui ont abandonné tout espoir. Hélène, dans les coins, se suspendait à moi :

« Bernard, ça ne peut plus durer ! »

Agnès me guettait, à l'entrée du petit salon, m'attirait dans sa chambre où un bref délire nous abattait en silence l'un sur l'autre ; et je passais des heures, ensuite, une cigarette éteinte au coin de la bouche, à ruminer des choses. Je sentais, physiquement, le danger se rapprocher de moi, à mesure que, par petites touches, Agnès complétait le personnage de Bernard qu'elle appelait encore Gervais, mais peut-être avait-elle cessé d'être dupe. Impossible de le savoir. Et j'étais partagé entre l'envie de l'étrangler et le désir de me confier à elle, car ma résistance nerveuse commençait à céder, comme un bloc de pierre qu'un filet d'eau finit par desceller. Il y avait des moments où j'étais sûr qu'elle était hantée par des images, et d'autres où la ruse habitait ses yeux myopes. Etais-je un témoin ? Une proie ? Ou les deux ? Elle m'attirait à la manière du vide. Je comprenais pourquoi ces femmes venaient la consulter et se droguer de leur propre douleur. Moi-même, j'étais comme intoxiqué. J'avais beau me dire : « Elle invente. Elle se sert de ce qu'on lui raconte, et, de temps en temps, forcément, elle tombe juste », un doute demeurait en moi, un doute absurde mais indéracinable. Je savais, comme tout le monde, que la clairvoyance existe, mais, précisément, Agnès le savait aussi bien que moi. J'avais vu, dans sa bibliothèque, une foule d'ouvrages sur la question. Elle pouvait donc jouer son rôle sans risque. Mais pourquoi aurait-elle joué ce rôle ?... Je n'en sortais plus.

Hélène nous surveillait, rongée par le soupçon. Il m'arrivait, parfois, de lui lancer un clin d'œil, un rapide sourire, pour lui suggérer de tenir bon et lui signifier que je travaillais toujours pour elle, pour nous. Elle m'ordonna de ne plus aller chez Agnès.

« C'est une intrigante, me dit-elle. Croyez-moi, Bernard. Il vaut mieux que vous la laissiez tranquille.

— Oh ! c'est bien ce que je fais, observai-je. Simplement, j'aimerais être certain qu'elle simule. Nous n'aurions plus à la ménager.

— Elle ment comme elle respire.

— Je suis un peu de votre avis. Songez qu'elle m'a parlé d'une femme brune qui doit bientôt surgir dans ma vie... Moi qui ne connais personne ici. Moi qui ne sors pour ainsi dire jamais.

— Vous voyez bien, Bernard ! »

Le lendemain, arriva la lettre de Saint-Flour, contenant l'extrait de naissance. Ce fut Hélène qui me la remit, juste avant le déjeuner. Agnès était là. Je lus le papier et murmurai, par politesse :

« La mairie qui me répond...

— A quand la noce ? » dit Agnès en regardant sa sœur.

Le visage d'Hélène se durcit.

« Le plus tôt possible, répondit-elle.

— C'est vrai, Bernard ? »

La voix d'Agnès était calme, presque indifférente.

« Ma foi, dis-je, rien n'a été décidé... enfin, rien de précis... Tant que cette pièce n'était pas arrivée, n'est-ce pas...

— Eh bien, maintenant, vous pouvez fixer une date, reprit Agnès. Est-ce que tu lanceras des invitations, Hélène ?

— Je ferai ce qu'il est convenable de faire.

— Tu inviteras les Leroy ?

— Parfaitement ! Et les Doussin.

— Ça m'étonnerait qu'ils viennent ! »

J'étais oublié de nouveau. Les deux sœurs ne songeaient plus qu'à leur querelle et se jetaient des noms, comme autant de défis. Hélène triomphait mais Agnès ne semblait ni surprise ni déçue. Elle parlait de ce mariage d'un ton légèrement amusé, comme s'il avait été un événement sympathique mais hautement improbable, et ses objections exaspéraient Hélène.

« Nous sommes en Carême, dit Agnès. Il ne faut pas l'oublier.

— Tu ne m'apprends rien, mais les Belleau ont marié leur fille à la même époque, l'an dernier... »

Je ne devinais que trop bien les rivalités de clans, les différends familiaux, les haines inavouées fermentant derrière les sombres façades de la ville. Ma rancune contre Hélène augmentait. Je ne pouvais lui pardonner de m'entraîner peu à peu là où je me refusais obstinément d'aller. Ce mariage était odieux. Il présentait également pas mal de risques, car enfin il n'aurait jamais aucune valeur légale. Mais ces risques étaient lointains ; ils n'apparaîtraient qu'après la guerre ; je les avais déjà examinés et, dans une certaine mesure, écartés. Les circonstances étaient telles, en effet, qu'il m'était facile de vendre la scierie de Bernard, de réaliser ses biens et de m'établir ailleurs, à l'autre bout de la France. Bernard était seul ; moi aussi. Je ne faisais de tort à personne. Mais il y avait Hélène. Hélène pour qui je n'éprouvais que pitié. Hélène qui disposait allégrement de ma liberté. Chaque jour, maintenant, elle en parlait, de ce mariage ! Les deux sœurs avaient oublié leur volonté de silence. A peine étions-nous réunis autour de la table que commençait le jeu des flèches.

« As-tu songé à ta toilette ? demandait Agnès.

— J'ai un ensemble foncé, très discret...

— Ce sera mal jugé. Tu te remarierais, je ne dis pas. Vous, Bernard, qu'est-ce que vous en pensez ? »

Agnès ne laissait passer aucune occasion de me prendre pour arbitre, avec une spontanéité, une innocence calculée dont l'impudence me consternait. Je pataugeais dans le mensonge, vexant l'une par mes réticences et l'autre par mes promesses. J'étais sûr de perdre à tout coup. Je voyais bien où elles essayaient d'en venir : elles cherchaient à m'obliger de choisir entre elles. Mes sourires les plus conciliants, mes paroles les plus anodines, leur servaient immédiatement d'arguments et leur arrachaient presque des cris de victoire. Ensuite, nous nous retirions, réconciliés en apparence, mais le cœur empoisonné de jalousie, et celle qui avait eu le dessous me guettait, quelquefois pendant des heures, pour me cribler de reproches.

« Je ne vous épouserai pas de force ! » me glissait Hélène.

« Remarque que je ne t'empêche pas de l'épouser », disait Agnès.

C'était d'elle que j'avais peur, à cause de sa tranquillité, de cette façon qu'elle avait d'agiter la main, comme si elle avait pensé : « Va... Va toujours... On verra bien ! » Quand j'étais par trop exaspéré, je me répétais : « Pars donc ! N'importe où tu seras mieux qu'ici. » Mais ce n'était qu'une velléité tout de suite éteinte. Je savais bien que, si je disparaissais, Hélène me ferait rechercher. Je marchais autour de ma chambre, comme un hanneton captif autour de sa boîte. Le piano rythmait ma méditation morose. La rue était un puits au fond duquel se déplaçaient d'autres insectes. La vie tout entière était sans issue.

Je pris l'habitude de sortir chaque jour. Je me donnais ainsi l'illusion d'échapper un peu à leur surveillance. Il y avait des quartiers que j'aimais particulièrement. Je ne sus d'ailleurs jamais leur nom. Je me rappelle qu'on montait par des ruelles qu'une rampe de métal divisait en deux et, si l'on se retournait, on apercevait des toits, des cheminées, des fumées et des nuages, comme du haut de Montmartre. On gravitait au bord du ciel et, cependant, on avait l'impression bizarre d'explorer une carrière, tant les ruelles, étroites comme des galeries de mine, s'enchevêtraient. Elles se transformaient parfois en cours, en couloirs, flanquées d'escaliers où séchaient des lessives. Des gosses dévalaient, sur des planches à roulettes. Au bout d'un moment, on était perdu ; on retrouvait l'anonymat, comme une fourmi dans sa fourmilière... La fatigue, mon propre poids, m'obligeaient à redescendre. Je retombais dans ma solitude.

« Vous n'avez pas très bonne mine, Bernard », s'inquiétait Hélène.

Quand elle voulait se montrer aimable, elle était maternelle et je me sentais tout de suite à bout de patience. On en vint à choisir le format et le caractère des faire-part. Hélène avait apporté un tiroir plein de cartes et d'enveloppes ; il y avait là vingt années de vie lyonnaise, avec ses alliances et ses mésalliances. Je regardais sans enthousiasme les papiers de luxe, les italiques, les majuscules ficelées de fioritures, les noms inconnus suivis de leurs titres en caractères gras : Président de la Chambre de Commerce, Chevalier de la Légion d'honneur, Officier de l'Instruction Publique... Du bout de l'index, Hélène et Agnès retournaient les vélins, les alfas, les lafumas, rapprochées par la même curiosité, réconciliées par les mêmes souvenirs.

« Tu te rappelles la petite Blèche ? Ils avaient un tapis qui allait jusqu'au parvis... Son mari a été tué au début de la guerre.

— Oh ! Le faire-part de Marie-Anne ! »

Elles riaient, exaltées, tandis que j'allumais une cigarette. Agnès s'était mise à genoux sur sa chaise, pour fouiller à l'aise dans le tas de dépouilles.

« Moi, j'aimerais assez ce genre-là, dit Hélène... Une carte très simple... hein ?

— C'est bien mesquin, observa Agnès. Tu ne peux pas faire moins que les Danguillaume !

— Bernard, venez voir !... Cela vous intéresse aussi ! »

Je m'approchai de la table.

« Il faudra mettre quelque chose après votre nom, dit Hélène.

— Prisonnier ! murmurai-je avec amertume.

— Que vous êtes bête, mon pauvre Bernard !... Je parle sérieusement.

— Négociant ? suggéra Agnès.

— Non. Industriel ! décida Hélène. C'est la vérité.

— Oui, dis-je. C'est la vérité. »

Hélène, au dos d'une enveloppe, crayonna quelques formules. Le jeu les passionnait toutes deux et le dîner, ce soir-là, fut paisible. Hélène s'oublia jusqu'à manger de la viande : la viande offerte par Agnès. Bien entendu, le mariage serait célébré à Saint-Martin-d'Ainay, mais quel jour, à quelle heure ? Excédé, je quittai la table, prétextant une migraine, et, le lendemain, je m'évadai de bonne heure, sans passer par la salle à manger. J'avais si mal dormi que je me contentai de flâner le long de la Saône. Des clartés grises erraient sous un ciel bas et l'eau était noire comme celle d'un étang. Deux ou trois mouettes flânaient autour des ponts. Mes peines et mes angoisses, celles d'autrefois, celles d'aujourd'hui, traînaient en moi leur brouillard. J'étais raidi et comme perclus de douleur, sans pensées, sans regret, sans espérance. Mes yeux reflétaient l'eau immobile. De loin en loin, je m'accoudais au parapet. Je n'avais rien à faire ; je ne voulais rien faire ; je ne pouvais rien faire. J'attendais !

Quand je rouvris la porte de l'antichambre, je faillis buter dans une grosse valise. Encore quelque cliente d'Agnès ? Pourtant, d'habitude, elles étaient plus discrètes. Je traversai la salle à manger, maugréant entre mes dents, remâchant ma mauvaise humeur. Le piano s'arrêta, Hélène courut au-devant de moi.

« Bernard... l'avez-vous rencontrée ?

— Qui ?

— Julia.

— Julia ?

— Oui, votre sœur... Elle sort d'ici. »

J'avais froid, brusquement ; je coulais... je me noyais...

« Vous voulez dire que vous avez vu Julia ?... » murmurai-je.

Hélène me prit aux revers de ma gabardine, comme elle aimait le faire, et lissa doucement l'étoffe entre ses mains.

« Ne vous fâchez pas, Bernard... Je sais que vous

avez rompu avec elle, mais que vouliez-vous que je fasse ? Elle a sonné ; elle voulait vous voir... Alors je lui ai dit que vous alliez rentrer et je l'ai invitée à déjeuner... Elle est partie à la recherche d'un hôtel... Ai-je eu tort ?

— C'est sa valise qui ?...

— Non. Cette valise est pour vous. Julia vous a apporté du linge, des vêtements... »

C'était donc elle, la femme brune. Agnès n'avait pas menti !

« Mais voyons, dis-je, voyons... Comment a-t-elle pu savoir ?

— Je lui ai posé la question, car j'étais surprise, moi aussi. Elle a été prévenue tout simplement par l'employé de la mairie de Saint-Flour qui vous a adressé votre bulletin de naissance. »

Agnès vint nous rejoindre, sans un mot.

« Vous étiez là ? Vous l'avez vue ? » lui demandai-je.

Elle inclina la tête.

« Elle est restée presque vingt-quatre heures dans le train, reprit Hélène. Il y avait eu des sabotages sur la voie. Elle est très fatiguée... Bernard, je ne voudrais pas me mêler de ce qui ne me regarde pas... mais enfin, si votre sœur a entrepris un tel voyage, c'est parce qu'elle s'intéresse à vous. Est-ce que vous ne pourriez pas oublier, de votre côté, après si longtemps... ? Comprenez-moi... c'est votre sœur, Bernard.

— Inutile.

— Vous êtes bien dur ! dit Agnès.

— Pourquoi ne m'a-t-elle jamais écrit, en Allemagne ?

— Elle ne savait même pas que vous étiez prisonnier. »

Mes nerfs me lâchaient. Je dus m'asseoir.

« Mon pauvre ami, dit Hélène. Je me doutais bien que vous alliez être bouleversé. Mais que pouvais-je faire ?... Et maintenant, si vous refusez de la voir, dans quelle situation allons-nous nous trouver ?

— Vous ne pouvez pas faire cela, intervint Agnès. Recevez-la... Rien que pour nous. »

Bernard, j'en étais sûr, aurait cédé. Mais moi, j'étais perdu si je faiblissais. Je regardais ma montre : il était dix heures. Julia ne reviendrait certainement pas avant midi. Je disposais de deux heures. Pour inventer quoi ?... Pour imaginer quelle parade ?

« Elle est très gentille, reprit Hélène. Je dois reconnaître qu'elle m'a beaucoup plu. »

Gentille, pour elle, signifiait acceptable. Sans doute Julia n'était-elle pas de ces gens charmants, de ces gens « bien », qu'on a plaisir à fréquenter, mais Hélène ferait, selon son expression favorite, ce qu'elle devait faire. Donc, si j'étais un homme bien élevé, et non pas un rustre, je devais, moi aussi, accueillir aimablement Julia.

« Soit, murmurai-je.

— Merci, Bernard.

— Lui avez-vous indiqué un hôtel ?

— Oui. L'hôtel de Bresse, place Carnot. Nous avons eu l'occasion, avant la guerre, de rendre service au propriétaire. Mais, si vous le désirez, nous pouvons offrir une chambre à Julia.

— Elle a l'intention de rester longtemps ?

— Je ne sais pas. Nous avons causé si peu. »

Je reprenais lentement mon sang-froid et j'apercevais maintenant une manœuvre possible. Mais d'abord jouer le jeu. Ne pas montrer une intransigeance suspecte.

« Nous aviserons, dis-je en me forçant à sourire... Mais je reconnais bien Julia. Impulsive !... Un peu sans-gêne... Avouez qu'elle aurait pu commencer par écrire. On n'arrive pas ainsi, sans crier gare.

— Portons la valise dans votre chambre, proposa Agnès.

— Cela pourrait peut-être attendre, objectai-je. Puisque ma sœur est à l'hôtel de Bresse, j'aime autant lui rendre visite tout de suite.

— Laissez-la s'installer ! s'écria Hélène. Tout à l'heure, vous ne vouliez pas la revoir, et maintenant vous êtes prêt à courir au-devant d'elle ! »

J'empoignai la valise. Hélène et Agnès m'accompagnèrent. L'une, au passage, prit des cintres, dans une armoire ; l'autre, des embauchoirs.

« Je crois, finalement, qu'il vaut mieux préparer la chambre de grand-mère, décida Hélène. Julia aurait une piètre idée de notre hospitalité, si nous la laissions coucher à l'hôtel... Non, Bernard, ne protestez pas. Cela ne gênera personne. »

Les minutes filaient. Si Julia survenait... De nouveau, l'affolement me gagnait. Ma seule chance, ma dernière carte, c'était d'avouer la vérité à Julia. J'avais l'impression que Julia me comprendrait, elle. Julia n'était pas une fille à scrupules, d'après le peu que Bernard m'avait confié. Quand elle connaîtrait ma vie, quand elle saurait pourquoi je m'étais réfugié chez Hélène, elle consentirait à se taire. Peut-être même m'aiderait-elle. J'étais décidé à accepter toutes ses conditions. Après tout, j'avais été le meilleur ami de son frère. Et elle n'avait pas cessé d'aimer Bernard puisqu'elle était venue, sans réfléchir, dès qu'elle avait appris qu'il était vivant. Julia pouvait me sauver... à condition que je la voie seul. Sinon, c'était la catastrophe. Elle me dirait : « Bonjour, monsieur. » Je me sentais pâlir. Hélène débouclait la valise. Agnès, derrière elle, me regardait ; elle semblait amusée par l'arrivée de Julia, qu'elle avait prédite ; peut-être devinait-elle une partie de mon embarras et n'était-elle pas fâchée d'affirmer son pouvoir. Elle remarqua, tout à coup, comme si elle avait voulu ajouter à mon trouble :

« Votre sœur ne vous ressemble guère, Bernard. Elle a un type auvergnat beaucoup plus marqué que vous.

— C'est exact, dis-je. Il y a plus de quinze ans qu'on me répète cela.

— Laisse Bernard tranquille, fit Hélène. Il n'a pas besoin qu'on l'agace. »

Elle se mit à vider la valise. Agnès portait les vêtements sur le lit, rangeait les chaussures côte à côte. Il y avait deux complets neufs, d'une coupe assez élégante, des cravates, du linge, un pull-over, un nécessaire de toilette en peau de porc...

« Vous ne vous priviez de rien, fit Hélène, avec une nuance de respect... Tenez, votre portefeuille. »

C'était un portefeuille de cuir noir, portant deux initiales d'argent : B. P. Je l'ouvris ; il contenait une liasse de billets de banque : dix mille francs. Et la valise abandonnait toujours aux mains diligentes des deux sœurs de nouveaux objets : un rasoir dans sa trousse, des savates en basane, des mouchoirs... Hélène déplia un pardessus qu'elle apprécia d'un mouvement des lèvres.

« Malheureusement, murmura Agnès, vous allez nager dans vos costumes, mon pauvre Bernard. Ils m'ont l'air d'être devenus bien grands pour vous.

— Cela n'a aucune importance, dis-je excédé.

— Tout de même ! protesta Hélène. Il vaut mieux que vous ne soyez pas ridicule, et surtout que vous ne vous fassiez pas remarquer. Voyons, essayez le veston bleu marine... pour me faire plaisir, Bernard ! »

Une pendule sonna la demie. J'endossai le veston.

Malgré moi, je voyais Julia sortant de l'hôtel et se dirigeant vers la maison.

« C'est fou ce que vous avez maigri, observa Hélène. Les épaules tombent bien, mais il faudra déplacer tous les boutons... Marchez un peu, Bernard... Qu'est-ce que tu en penses, Agnès ?

— Je pense que Bernard paraît déguisé. On croira qu'il a emprunté son costume.

— Non. Il faut toujours que tu exagères ! »

Elles tournaient autour de moi, prenant des mesures, se consultant de l'œil. Je les haïssais autant l'une que l'autre. Sans cet absurde projet de mariage, il n'y aurait pas eu cette lettre à Saint-Flour, qui avait tout déclenché. Le destin de Bernard, qui aurait fait son bonheur, était en train de m'écraser. Je retirai le veston.

« Bon, je file, si vous permettez !

— Attendez, Bernard ! s'écria Hélène. Vous allez m'aider à retourner le matelas, dans le lit de grand-mère. Il y en a pour une minute. »

Je piétinais d'impatience, de rage, de peur. Il me semblait que, si j'avais prêté l'oreille, j'aurais entendu le pas de Julia, sur le trottoir. Et brusquement une nouvelle crainte m'assaillit. Si je croisais Julia dans la rue, je ne la reconnaîtrais pas, évidemment. Il me fallait la trouver à l'hôtel. Sinon, à mon retour, je serais démasqué. Fuir ! Mais Hélène signalerait ma disparition. Et puis, une conversation un peu prolongée entre les deux sœurs et Julia révélerait immanquablement mon imposture. De quoi ne m'accuserait-on pas ?

« Passe-nous les draps, Agnès... Tirez bien de votre côté, Bernard. Mon Dieu, que vous êtes maladroit ! Pour un homme qui se dit débrouillard !...

— Vous m'avez bien dit : place Carnot ?

— Oui. C'est tout de suite à gauche après le tournant.

— Alors, cette fois, je m'en vais, dis-je. Il va être onze heures.

— Nous déjeunerons à midi et demi, me lança Hélène. Ne soyez pas en retard. »

Je dégringolai l'escalier et courus jusqu'au quai. Les passants étaient assez nombreux, je dévisageai les femmes brunes, me rappelant que Julia était un peu plus âgée que Bernard et qu'elle avait le type auvergnat, ce qui était plutôt vague. Comment allais-je commencer ? Avant de lui avouer que je m'étais substitué à son frère, je devais lui annoncer la mort de Bernard. Quel début ! Je disposais d'un peu plus d'une heure pour lui dévoiler ma situation et gagner sa sympathie. Allons, il n'y avait rien à faire. J'étais bien perdu. D'ailleurs, quelle force au monde pourrait empêcher Julia de pleurer, quand elle apprendrait que Bernard était mort ? Elle était arrivée chez Hélène, gaie, souriante, et j'allais la ramener pâle, les yeux rougis par les larmes. Non, tout cela était fou. Je ne savais même pas pourquoi je continuais à marcher vers l'hôtel, tant mon impuissance me paraissait évidente. Passé le tournant, j'aperçus le panonceau vertical : *Hôtel de Bresse.* Elle était là ! Je m'arrêtai près de l'entrée, en proie à une effrayante perplexité. Je lui affirmerais, bien sûr, que Bernard m'avait ordonné de prendre sa place, mais elle sentirait que c'était faux. Et si je lui racontais que j'avais voulu me fuir, échapper à mon passé d'enfant gâté, capricieux, malheureux... si je lui disais que ma femme s'était noyée sous mes yeux et que, volontairement, je ne lui avais pas porté secours, si je lui avouais tout, tout... mes tourments les plus profonds, mes velléités de créateur rongé par le doute, mes remords, ma misère, tout, en un mot... en quoi ce déballage l'intéresserait-il ? Pourquoi deviendrait-elle ma complice ? Est-ce que je ne lui ferais pas horreur, au contraire ?

Je me remis en marche, passai devant la réception. Un employé bâillait, à la caisse, entre deux palmiers en pot. Je me reposai, une fois encore, la question : pourquoi m'étais-je laissé aller à prendre la place de Bernard ? Il me fallait, maintenant, aligner des raisons précises, à cause de Julia. Il n'y en avait pas. Ou plutôt, il n'y avait qu'une poussière de petites raisons, de petites causes : épuisement, écœurement, désir de trouver un gîte, besoin d'une protection féminine, et bien d'autres motifs, beaucoup plus obscurs, beaucoup plus puissants encore, que je ne connaîtrais sans doute jamais. Julia ne comprendrait pas. Nous n'avions pas le temps de faire un effort l'un vers l'autre. Et pourtant, je n'étais pas un criminel, je le sentais bien. Un petit coup de pouce, un rien de plus, et j'aurais été un grand bonhomme. Hélas ! j'aurais beau supplier Julia... Tant pis ! Fichu pour fichu, mieux valait essayer.

J'entrai. L'homme de la réception laissa tomber sur moi un regard distrait.

« Complet, dit-il.

— Je ne viens pas pour une chambre. Je voudrais parler à Mlle Pradalié.

— Au 15. Deuxième à gauche. L'ascenseur ne marche pas. »

Il avait une tête de policier, des yeux vides qui ne laissaient échapper aucun détail, et s'attachaient à mon costume baroque, à ma silhouette de vieux jeune homme. Je montai, intimidé, nauséeux, vaincu. Un étage. Il était onze heures et quart. Le 15. La phrase d'Agnès me revint en mémoire : « Une femme qui vous veut du mal », et ma main resta immobile, à mi-chemin de la porte. C'était maintenant que mon aventure s'achevait. Bernard m'avait sauvé de la faim, de la captivité. Il ne pouvait pas me sauver de Julia.

Je frappai ; un tout petit coup qu'elle n'entendrait peut-être pas, ce qui me laisserait encore la possibilité de redescendre.

« Entrez ! »

Je poussai la porte et je la reconnus tout de suite, parce qu'elle ressemblait à Bernard, qu'elle était forte, comme lui, et qu'elle avait une verrue, près de l'oreille.

« Julia », balbutiai-je.

Elle fit vers moi quelques pas hésitants, puis tendit les bras.

« Bernard, cria-t-elle... Bernard !... Je t'attendais, si tu savais !... Bernard ! »

Elle se jeta contre moi, frappa du front mon épaule. Elle pleurait.

« Bernard !... Mon pauvre Bernard ! »

Je fermai les yeux et serrai les mâchoires, très fort, de plus en plus fort, parce que les murs de la chambre commençaient à tourner.

CHAPITRE VII

Je rêvais ! Cette femme qui se remaquillait devant la glace du lavabo, c'était Julia, et elle me parlait de Saint-Flour comme si j'avais été vraiment Bernard, et elle ne voyait pas que ses paroles, qui ne signifiaient rien pour moi, me faisaient plus de mal que des reproches. Elle souriait, tout en se recoiffant, cherchait ses gants.

« J'ai eu tellement de chagrin de notre brouille, si tu savais, Bernard ! Enfin, tout cela est fini. Nous n'en reparlerons plus. Tu es là, c'est le principal... Prends ce paquet, c'est du ravitaillement. J'ai pu dénicher un gros morceau de porc et des œufs. Cela dépannera ces pauvres demoiselles ! Compliments pour ta marraine. Elle est d'une distinction !... Elle m'a déjà dit un mot de vos projets... Oh ! une simple allusion mais, pour ces choses-là, je comprends vite... »

Elle me poussait vers le couloir, fermait la porte à clef. Elle était vulgaire, sentait le salon de coiffure et j'étais gêné comme si elle eût été ma sœur. Mais, en même temps, j'étais incapable de parler, de protester, saisi de cette sorte de paralysie qui, dans toutes les circonstances graves de mon existence, m'avait donné l'air de consentir à ce que je refusais, au fond de moi-même, de toutes mes forces. En ce moment, je refusais d'être Bernard, d'être tutoyé par cette femme ; j'avais envie de lui crier : « Vous savez bien que je ne suis pas votre frère ! » Pourtant, je l'accompagnais ; elle avait pris mon bras ; elle bavardait toujours, avec un enjouement, un naturel qui me stupéfiaient. J'avais pris un tel élan pour lui avouer la vérité que j'étais brisé, maintenant, que j'avais la gorge serrée, la bouche sèche. J'éprouvais aussi un soulagement honteux, comme si je venais de conclure, avec cette inconnue jacassante, quelque pacte déshonorant. Je survivais. J'ignorais comment, mais c'était un sentiment de bien-être analogue à celui que j'avais ressenti quand Agnès, au milieu de la nuit m'avait ouvert la porte de la rue.

« Julia, dis-je, laisse-moi te...

— Ne me remercie pas, mon petit Bernard, c'est tout naturel ! Dame, j'ai rempli ta valise au petit bonheur. J'ai dû oublier bien des choses. Tiens, ton réveil, par exemple, tu sais, le réveil que tu avais gagné à la finale de la Coupe Fabien. »

Elle pouvait me tendre un piège à chaque mot ; j'étais à sa merci. Jamais Bernard ne m'avait parlé de la Coupe Fabien. Mais elle ne paraissait nullement vouloir me mettre à l'épreuve.

« Cet argent que j'ai trouvé dans le portefeuille, insistai-je.

— Tu me rembourseras plus tard. Nous avons tout le temps de régler cette question. Tu veux bien que je te fasse une avance... pour une fois ! »

Je croyais vivre deux existences simultanées et j'en étais accablé. Mais ce qui m'étonnait le plus, ce qui devenait d'instant en instant plus troublant, c'était que cette femme pût me traiter avec une telle familiarité, se presser contre moi avec si peu de retenue... comme une vraie sœur, évidemment ! Ma tête éclatait de pensées contradictoires, et j'avais la certitude qu'un péril encore plus redoutable me guettait au bout de cette longue route obscure que j'allais parcourir avec l'aide de Julia.

« Elles sont gentilles avec toi ? me demanda-t-elle. La petite a l'air un peu chipie.

— Elles sont très convenables... Est-ce que tu as l'intention de rester longtemps ?

— J'aurais bien voulu, mais je ne dispose que de trois ou quatre jours. On ne fait pas ce qu'on veut, dans le commerce... C'est vrai, tu ne le sais pas. J'ai pris un petit commerce d'épicerie. Je m'en tire assez bien. Je gagne assez pour moi, quoi ! »

Aucun de ses mots, aucune de ses intonations qui ne fût propre à choquer Hélène. Et Julia allait partager notre vie !...

« Il faut que je te prévienne, dis-je. Hélène est d'un caractère assez difficile. Autrefois, elle a eu de la fortune. Maintenant, elle est obligée de travailler... tu comprends. Ne parle pas trop de ce commerce, de tes affaires.

— J'aurai du doigté, promit Julia. Et puis, ce genre de personne ne m'impressionne pas, tu sais. »

Nous arrivions. Hélène nous attendait sur le palier. Elle portait un tailleur sombre, et ne manquait pas d'allure. Agnès, derrière elle, un bracelet d'or massif au poignet, regardait monter Julia, et souriait. Ma famille ! Je respirais avec peine.

« C'est l'escalier, murmurai-je... Je vieillis, ma parole. »

La porte se referma. J'étais seul, avec ces trois femmes qui tenaient ma destinée entre leurs mains et pouvaient, à chaque minute, me détruire. Maintenant, il n'y avait plus rien à tenter. J'étais leur chose.

Nous passâmes dans la salle à manger. L'argenterie, les cristaux, brillaient sur la table. Hélène indiquait les places et, malgré la tension qui me nouait la poitrine, je remarquai avec amusement que Julia était intimidée.

« Alors, dit Agnès, vous l'avez retrouvé ? Vous êtes contente ?

— Oui, je suis très heureuse, fit Julia en rougissant. Il a maigri, mais il n'a pas beaucoup changé. »

Le jeu de cache-cache commençait. Prudent, je mangeais en silence, laissant parler Julia. Hélène restait sur la réserve. Agnès, en revanche, questionnait sa voisine, sans dissimuler sa curiosité. Intuitive comme elle l'était, elle devait sentir quelque chose de bizarre dans l'attitude de Julia.

« Vous pensiez que votre frère était mort, n'est-ce pas ?

— Forcément. Au début, j'avais eu de ses nouvelles par un de ses camarades rapatrié comme grand malade. Il m'avait annoncé que Bernard avait été envoyé dans un autre stalag, en Poméranie. Ensuite, rien. J'avais perdu tout espoir.

— Et c'est par hasard que vous avez appris ?...

— Absolument par hasard. J'étais entrée à la mairie pour tâcher d'obtenir un bon d'essence et...

— Vous possédez une voiture ?

— Oui, une vieille Renault, mais dans mon commerce...

— Ah ! Vous tenez un commerce ? Bernard nous l'avait caché.

— Il n'en savait rien, le pauvre. J'ai trouvé une bonne occasion, il y a deux ans, une épicerie complètement tombée... »

Je n'osais plus lever les yeux sur Hélène. L'interrogatoire continuait, car il s'agissait bien d'un interrogatoire. De temps en temps, Agnès tournait vers moi son regard trouble, comme pour m'inviter à parler, moi aussi. Je répondais quand j'y étais obligé, quand Julia faisait allusion à quelque personne de Saint-

Flour que je ne pouvais pas ne pas connaître. J'avais peur, certes, mais je voyais de plus en plus clairement que Julia ne cherchait pas à m'embarrasser. Il me parut même qu'à plusieurs reprises elle venait à mon aide, comme une alliée... Comme une alliée ! Voilà l'idée qui m'obséda, dès qu'elle eut traversé mon esprit. Je touchais là les limites de l'absurde. Cette femme savait que j'étais un imposteur. Et, au lieu de me demander pourquoi j'avais pris la place de Bernard, au lieu de me demander *où était Bernard,* elle acceptait d'emblée de tromper Agnès et Hélène. Qu'attendait-elle de moi ?

« Bernard ! Tu entends ?

— Pardon !... Oui...

— Je dis à Hélène que le ravitaillement n'est pas bon, à Saint-Flour, et que la ville est surpeuplée... »

Elle en était déjà à les appeler par leur prénom ! Bientôt elle les tutoierait.

« Tu as intérêt à rester à Lyon le plus longtemps possible.

— Oh ! mais je n'ai pas l'intention d'aller à Saint-Flour, m'écriai-je.

— Vous n'avez pas envie de revoir vos amis ? questionna Agnès.

— Je n'avais pas beaucoup d'amis, dis-je. Et il y a des chances pour qu'ils soient tous prisonniers. D'ailleurs, je ne retournerai peut-être pas en Auvergne. Le commerce du bois commençait à fléchir, avant la guerre. Alors, après la guerre, avec la concurrence des pays scandinaves !

— Vous auriez l'intention de vendre ? dit Hélène.

— Sans hésiter. »

Je surveillais Julia. Cette fois, elle allait protester. Elle ne pouvait pas laisser dépouiller son frère.

« Tu as probablement raison, reconnut-elle. Chezlade, tu te rappelles... le Gustou... Il a toutes les peines du monde à faire marcher son usine. Ses meilleurs camions ont été réquisitionnés... Il manque de main-d'œuvre... »

Elle donna des précisions, cita des chiffres. Elle commençait à intéresser Hélène. On la sentait pratique, pleine de ressources, douée pour les affaires. Sa figure noiraude et sans grâce brillait de plaisir dès qu'il était question d'achats et de ventes. Agnès regardait sa verrue, près de l'oreille. Distinguait-elle, à côté du visage de Julia, celui du mort ? Peut-être s'étonnait-elle que mon ami Gervais ressemblât comme un frère à Julia. La vérité était là, évidente et cachée comme ces profils que proposent les devinettes. Où est le gendarme ? Où est le fermier ? Où est Bernard ?... Agnès prenait de la confiture. Elle n'avait pas reconnu Bernard. Pas encore.

Nous passâmes au salon, pour boire le café.

« Combien le payez-vous, Hélène ? dit Julia.

— Demandez à ma sœur, fit Hélène, sèchement.

— On m'en fait cadeau », dit Agnès.

De nouveau, l'air semblait se raréfier autour de nous. Julia n'insista pas. Elle alliait une grande finesse à un manque de tact surprenant.

« Il est rudement bon », observa-t-elle simplement.

Toujours pas la moindre trace d'émotion. Elle devait croire que Bernard était toujours vivant et que j'étais là sur son ordre. Elle regardait les meubles, les tableaux, le piano avec une sorte d'avidité furtive ; et moi, je cherchais désespérément quelques questions anodines à lui poser, pour rester dans mon rôle.

« Nous avons préparé votre chambre, dit Agnès. Vous serez mieux ici qu'à l'hôtel. »

Protestations. Remerciements. Le moment difficile, encore une fois, était passé.

« Bernard, soyez gentil, pria Hélène. Allez chercher les bagages de Julia. »

Voulait-on m'éloigner ? J'étais plus sensible qu'un écorché. Maintenant, je devinais des pièges partout et je ne me souciais pas de laisser les trois femmes s'expliquer en mon absence. Peut-être Julia n'attendait-elle que mon départ pour révéler à Hélène qui j'étais...

« Allez-y tout de suite, Bernard.

— J'y cours ! »

En effet, j'y courus. Pourquoi Julia aurait-elle prévenu Hélène ? Elle n'avait aucun intérêt à me trahir ; mais que savais-je de ses intentions. Je me hâtai, la valise de Julia battant mes jambes. Je dus m'arrêter à plusieurs reprises pour reprendre haleine, les mollets tremblants. Mes forces n'étaient pas revenues ; j'étais incapable d'un effort physique prolongé. Ah ! elles n'auraient pas de peine à m'abattre, si elles se liguaient contre moi. Je laissai tomber la valise dans le vestibule. J'étais en sueur, malgré la saison. Où étaient-elles ? Un bruit d'assiettes et de couverts sortait de la cuisine. Elles lavaient la vaisselle, toutes trois, et semblaient s'entendre parfaitement.

« Ne reste pas là, tu nous gênes, me cria Julia. Où mettez-vous la cuiller de bois, Hélène ?

— Dans le tiroir du buffet. »

La vie commune s'organisait. La journée passa sans que Julia se trouvât un moment seule avec moi. Je remarquai bientôt qu'elle évitait soigneusement tout tête-à-tête. Elle s'arrangeait toujours pour retenir soit Agnès soit Hélène et j'admirais qu'elle pût inventer, à volonté, tant de sujets de conversation. Avec une volupté de femme privée de distraction, elle se mêlait à la vie des deux sœurs, flairait les sujets interdits, tournait autour, attentive, secrètement malveillante mais en apparence débordant d'amitié. Elle flattait Hélène, d'instinct. Elle avait tendance, au contraire, à traiter Agnès avec un peu de condescendance et Agnès souriait, ne livrant rien de sa pensée, aimable et dangereuse. On avait décidé que Julia demeurerait cinq jours. Aurais-je assez d'énergie, assez de présence d'esprit, pour éviter toute maladresse ? J'étais sûr que non. Jamais je n'accepterais que Julia repartît sans avoir parlé. Son silence incompréhensible me jetait dans une agitation que je n'arrivais pas à réprimer. Comment la prendre à part ?... Si j'allais la retrouver dans sa chambre... Mais ce projet était stupide. Je risquais de provoquer l'éclat que j'avais tellement redouté... Je ne dormis guère, cette nuit-là. Julia non plus. Elle occupait la chambre voisine et j'entendais craquer son lit. J'entendis également grincer le plancher du couloir. C'était Agnès, ou Hélène, qui épiait...

Le lendemain matin, je trouvai les deux sœurs dans la salle à manger. Elles cessèrent de parler quand elles m'aperçurent, et bientôt Agnès se retira.

« Bernard, murmura Hélène, j'ai obtenu d'Agnès qu'elle ne reçoive personne, pendant ces cinq jours. Vous n'avez rien dit à Julia, j'espère ?

— Rien.

— Merci. Je préfère cela... Vous n'êtes pas très gentil avec elle, il me semble.

— Je la vois, malheureusement, telle qu'elle est.

— Bien sûr... s'il fallait vivre avec elle !... Mais pour cinq jours !... Allons, Bernard, un petit effort. Vous paraissez toujours triste, tendu, inquiet.

— Excusez-moi. J'ai traversé tant de coups durs... Je ne suis pas encore bien guéri de la captivité, c'est tout.

— Vraiment tout ?... Il n'y a pas autre chose ?

— Mais non, Hélène... Je vous assure...

— Par moments, j'ai l'impression que vous n'êtes pas pressé de... de m'épouser.

— Ce n'est pas cela, Hélène... pas du tout. Il y a simplement que nous ne sommes pas seuls. Vous avez Agnès. Moi, j'ai Julia... Le problème n'est pas simple. »

Hélène réfléchit, frappée sans doute par l'étrangeté de cette situation.

« Financièrement, dit-elle, vous êtes indépendant de Julia ?

— Complètement. Ce que je possède, je l'ai gagné.

— Elle a de quoi vivre sans que vous l'aidiez ?

— Je ne l'ai jamais aidée.

— Si nous partons... si nous nous installons... loin... est-ce qu'elle s'accrochera à vous, vous voyez ce que je veux dire... Elle paraît avoir pour vous beaucoup d'affection. »

Ce fut à mon tour de méditer. Est-ce que Julia me lâcherait ?... Et Agnès... renoncerait-elle à moi ?... L'avenir était un grand mur noir.

« Je ne peux pas vous répondre, avouai-je.

— Attention, les voilà ! »

Julia entra, tendit la main à Hélène et, se penchant sur moi, m'embrassa.

« Bonjour, mon petit Bernard. Ça va ? »

Elle me caressait les cheveux, la joue. J'étais son frère, miraculeusement retrouvé. De telles démonstrations d'amitié ne pouvaient paraître que normales. Sauf à moi ! Je m'écartai avec humeur ; avec crainte, aussi. Il y avait je ne sais quoi de monstrueux et de macabre dans ces manifestations de tendresse. Mon Dieu ! Ces femmes qui s'acharnaient à me maintenir dans la peau de Bernard... Si, par malheur, je venais à cesser d'analyser leurs manigances, je finirais par céder à la suggestion. Je perdrais le sentiment de mon identité. Feindre de trois côtés ! Cela commençait à dépasser mes forces.

« J'ai oublié de te raconter, dit Julia. La fille Paulhac est morte... Une congestion pulmonaire, la pauvre... Tu te rappelles comme tu aimais jouer avec elle ?

— Oui, murmurai-je, oui. C'est bien triste. Et André Loubeyre, qu'est-ce qu'il est devenu ? »

Julia me regarda avec étonnement.

« Je pense souvent à lui, continuai-je. Lui et Marcel Bibes, nous en avons fait des parties de ballon. »

Julia ignorait que j'avais été le confident de Bernard, pendant des années. Ces noms, jetés en passant, la troublaient. Nous nous cherchions, les yeux dans les yeux, comme des duellistes qui mesurent, peu à peu, les ressources de l'adversaire.

« Marcel est parti s'établir à Tulle », dit Julia.

Elle sourit, rien que pour moi, et je compris qu'elle me haïssait.

« Je vous laisse à vos souvenirs, fit Hélène en se levant. J'ai des courses à faire. »

Elle devait être ravie que la présence de Julia m'empêchât de rencontrer Agnès, seul à seul.

« Non, non, s'écria Julia. Je veux vous aider. Je m'habille et je vous accompagne.

— Restez plutôt avec votre frère ! »

Mais on ne se débarrassait pas si facilement de Julia. Pour la première fois, j'éprouvai quelque gaieté. Je n'avais point renoncé, cependant, à provoquer une explication avec elle. A mesure que le temps passait, Julia, en effet, se trouvait dans une situation analogue à la mienne. Il lui devenait de plus en plus difficile de me trahir sans se donner elle-même pour une déplaisante comédienne. J'avais eu tort de m'affoler. Je le pensais, du moins.

Je les accompagnai toutes deux jusqu'à l'escalier, les regardai descendre. Hélène tirait sur ses gants, rageusement. Sortir avec cette femme si mal fagotée, qui ressemblait à une domestique !... Je refermai la porte, sans bruit, et allai frapper chez Agnès. Elle m'attendait.

« Bernard ! »

Nous n'étions jamais rassasiés l'un de l'autre. Est-ce que nous nous aimions vraiment ? Nous aimions plutôt la menace suspendue sur nous et qui tirait de nos nerfs d'incroyables sensations. Jusque dans l'inconscience, nous restions étrangers l'un à l'autre ; elle, avec ses ombres ; moi, avec mon mystère. Nous avions beau nous étreindre, nous nous observions, et la méfiance nous tenait lieu de tendresse. Nous vivions des minutes admirables qui nous laissaient épuisés, la tête vide, les yeux clos ; nous nous sentions jetés, côte à côte, sur le bord d'un pays interdit. Quand nous revenions à nous, à peine reconnaissions-nous notre voix.

« Bernard, dit Agnès... Elle est venue.

— Oui.

— Il y a du rouge autour d'elle... C'est une mauvaise femme.

— Oui... et qu'est-ce que tu vois encore ?

— Pour le moment, rien de plus... Elle te déteste, Bernard... Elle nous déteste.

— Tais-toi. Ne pense plus à elle. »

Agnès fixait le plafond. Ses cils battaient doucement. Elle ne faisait plus attention à moi. Je redoutais les images qu'elle semblait étudier sur le plâtre jauni et craquelé. Je cherchai ses lèvres. Seul, l'amour pouvait la distraire, l'éloigner de ses obsessions qui étaient aussi les miennes.

« Comme elle ressemble à ton ami Gervais, murmura-t-elle.

— Tais-toi ! »

Je la serrai contre moi, à l'étouffer. Peut-être était-ce justement ce que je souhaitais. Elle me repoussa doucement.

« Bernard, réponds-moi franchement... Est-ce que tu aimes Hélène ?

— C'est plus compliqué que ça, dis-je.

— Enfin, l'aimes-tu plus que moi ?

— Plus que toi... je ne sais pas... C'est autre chose.

— Est-ce que tu pourrais vivre avec moi ? »

Je fermai les yeux, excédé.

« Je crois que je ne peux vivre avec personne.

— Pourtant, tu es bien décidé à l'épouser.

— Je te répète que c'est plus compliqué. Je n'ai rien décidé. Ce sont les événements qui ont toujours décidé à ma place. »

Elle rapprocha sa tête de la mienne, prit ma main et joua un moment avec elle.

« Tu es un être curieux, Bernard. Tu vis d'une façon et tu parles d'une autre. Avec toi, on ne sait jamais à qui l'on a affaire. As-tu honte de moi, comme ma sœur ?

— Non.

— As-tu confiance en moi ?

— Mais pourquoi toutes ces questions, subitement ? m'écriai-je.

— Réponds toujours.

— Confiance ?... Ça dépend.

— Tu ne veux rien dire. Tu n'as pas confiance. Vous êtes bien de la même race, tous les deux. Oh ! je sais que vous me méprisez. Je sais ce que vous dites de moi, quand vous êtes ensemble.

— Je n'aime pas les gens qui pleurent », observai-je, méchamment.

Je me levai, à bout de patience. Il me semblait revivre une de ces scènes d'autrefois... les cris... les larmes... les griefs... « Je ne compte pas pour toi... Tu te prends pour un homme supérieur... », et tant de paroles qui m'avaient, peu à peu, stérilisé, annihilé, anéanti... Ma mère avait commencé : « On ne fera jamais rien de ce gosse ! Il n'est même pas fichu d'entrer au Conservatoire ! » Elle, évidemment, elle vivait au milieu des applaudissements, des rappels, des gerbes. Elle avait du talent. Peut-être avait-elle le droit de m'écraser sous le poids de sa renommée. Mais l'autre. Ma femme !... Et maintenant Agnès, Hélène, Julia... Assez, bon Dieu, assez ! Faudrait-il que je les tue toutes les trois !

Des deux mains, je m'essuyai le visage, comme pour arracher de ma peau une toile d'araignée. Mais le passé et le présent mêlés me tenaient solidement. Il faudrait autre chose qu'un geste de colère pour m'en débarrasser. Agnès sanglotait, le visage dans l'oreiller. Je sortis en claquant la porte et marchai au hasard dans l'appartement vide. Je me sentais fort, résolu, prêt à rompre mes liens, simplement parce que j'étais seul. Tout à l'heure, je faiblirais sans doute. Il fallait mettre à profit ce moment de répit. Je cherchai un morceau de papier, trouvai la bande d'abonnement du *Nouvelliste*. J'écrivis au revers, en gros caractères d'imprimerie, comme si j'avais rédigé une lettre anonyme : IL FAUT QUE JE VOUS PARLE AU PLUS TOT, et je soulignai deux fois la phrase, pour en marquer la gravité. Puis, pénétrant dans la chambre de Julia, je posai la bande sur la cheminée, bien en évidence. Cette fois, j'avais fait quelque chose. J'avais opposé ma volonté à la poussée aveugle du destin. Je me jurais de continuer à résister. Toute mon existence passée était jalonnée de semblables serments, pareillement sincères, pareillement inutiles. Mais je n'avais jamais encore éprouvé aussi fortement le sentiment de lutter pour ma vie. Anxieux et satisfait, je revins dans le salon pour les attendre. Je m'assis sur le tabouret du piano, relevai le couvercle pour caresser les touches. Dès que mes doigts couraient sur un clavier, j'étais pur. La musique entraînait mes souillures comme une eau lustrale. Il ne restait au fond de moi que le chagrin de n'être pas tout à fait un virtuose, un artiste accompli, un de ces prêtres en habit qui déchaînent et apaisent les foules. Et tout mon mal venait de là. Je jouai, sans appuyer sur les touches, le début de la *Ballade en sol mineur*, de Chopin. Etrange musique muette, dans l'appartement désert. Même Agnès, habituée à entendre jusqu'aux pensées d'Hélène, ne pouvait deviner qu'en ce moment je lui échappais, que je n'étais plus ni Bernard, ni Gervais, mais un homme bon, généreux, sensible, qui aurait été capable d'aimer, si on l'avait laissé s'épanouir librement. Mes ongles frappaient à peine l'ivoire. Je m'arrêtai soudain parce que le silence m'effraya. Je refermai le piano et, quand Hélène rentra, suivie de Julia, quand elle me demanda :

« Vous ne vous êtes pas trop ennuyé, Bernard ? » je répondis sincèrement :

« J'ai passé une matinée merveilleuse. »

Tout de suite, Julia se dirigea vers sa chambre pour retirer son manteau, et l'angoisse me rattrapa, m'empoigna, comme une main me tordant le cœur. Je regrettais déjà d'avoir écrit ce billet. Julia venait de le lire ; elle l'avait forcément vu, en entrant, et maintenant elle en rédigeait peut-être un autre qu'elle glisserait dans ma poche, tout à l'heure. Alors, je saurais. Je comprendrais. Je pourrais agir.

Agnès commença à mettre la table. Julia, au bruit des couverts, sortit de sa chambre. Elle me sourit.

« Viens nous aider, paresseux ! »

Rien de forcé dans sa voix. Rien de tendu, dans son regard. Et pourtant, elle avait lu le billet. Elle avait certainement remarqué le *vous* par lequel je lui donnais à entendre que sa comédie avait assez duré.

« Coupe le pain, Bernard. »

Elle me tendit le couteau et, m'attirant par le cou, m'embrassa. Un peu pâle, Agnès nous observait. Etait-ce l'instant où Julia allait me fourrer une réponse dans la poche ? Mais non. Elle ne voulait pas répondre. Elle n'était qu'une sœur encore émue d'avoir retrouvé son frère disparu. J'avais espéré sortir de l'incertitude. L'incertitude continuait. J'étais condamné à rester Bernard. J'étais Bernard.

« A table ! » dit Hélène.

CHAPITRE VIII

Il pleuvait. Nous ne sortions guère. Les journaux parlaient de sabotages, d'attentats, de mesures rigoureuses. Hélène avait donné congé à ses élèves et nous vivions au ralenti, tous les quatre, dans les vastes pièces recevant le jour d'un seul côté, ce qui nous faisait un profil d'ombre et un profil de lumière. A l'insu des deux sœurs, je poursuivais inexorablement Julia. J'étais semblable à la main qui progresse, ouverte et rassurante à force de lenteur, vers la mouche, et, comme la mouche, elle s'éloignait juste au moment où je n'avais plus qu'à fermer les doigts. C'était, dans l'appartement qui se prêtait si bien à toutes les feintes, une lutte polie, souriante, où j'étais toujours battu parce que j'étais l'homme. Julia trouvait à tout coup le prétexte qui lui permettait de rejoindre Agnès ou Hélène ; ménage, vaisselle, vêtements à repasser, elle m'échappait, me lançant gentiment :

« Je reviens tout de suite ! »

Elle revenait. Mais jamais seule. Et quand nous nous trouvions réunis, elle ne manquait pas de me prodiguer des marques de tendresse ; elle me passait la main sur la tête, m'embrassait dans le cou. Une fois, elle s'assit sur mes genoux et je dus lui serrer la taille, pour l'empêcher de tomber. Elle sentait la femme ; elle était ferme, chaude, et elle riait de sentir sur son flanc une main qui s'énervait. Elle agaçait Hélène qui ne cachait plus sa mauvaise humeur. L'orage couvait. Chaque minute me donnait un élancement ; le temps fourmillait dans ma chair ; j'avais comme des orties dans le sang. Heureusement, Hélène était trop bien élevée pour s'emporter. Mais Agnès, beaucoup moins maîtresse d'elle-même, était bien capable de provoquer l'incident. Julia, si réservée au début, laissait paraître sa nature. Par exemple, elle buvait son vin pur, renversant un peu la tête pour aspirer les dernières gouttes ; ou bien elle tripotait les bibelots sur les étagères ; Hélène ne pouvait s'empêcher de l'avertir :

« Attention ! C'est fragile !

— Oh ! Je n'ai pas l'habitude de casser les choses », répliquait Julia.

De tout petits riens. Mais aussitôt perçus, amplifiés par l'insignifiance des propos, le silence des pièces, autour de nous, et le sentiment que l'appartement était devenu un champ clos. Le plus pénible, c'était sans doute la manière dont Julia s'installait, prenait ses aises, furetant à la cuisine, fouillant les tiroirs à la recherche d'un dé, d'une aiguille.

« Si vous m'aviez demandé ! » observait Hélène, pointue.

Je serrais mes poings dans mes poches. Encore quatre jours. Encore trois jours. Je m'avisai, un soir, que la chambre de Julia communiquait avec la mienne par une porte condamnée. Alors, j'arrachai une feuille à un vieux carnet qui traînait dans un tiroir de ma commode et j'écrivis à Julia :

Demain matin, arrangez-vous pour que nous sortions ensemble.

J'entendis Julia qui marchait à côté. Je pliai le billet

en quatre ; je l'aplatis et je l'introduisis sous la porte. Il glissait sans se coincer. Je frappai plusieurs coups brefs ; tout bruit cessa dans la chambre. Alors, d'une chiquenaude, j'expédiai le papier. Elle ne pouvait manquer de le voir. Toujours accroupi, j'attendis. Je sus, à un fléchissement du parquet, à une sorte de tressaillement du bois sous ma main, qu'elle était derrière la porte. Il me sembla que je l'entendais respirer. Peut-être allait-elle me répondre, par la même voie ? Je me mis à genoux, car mes jambes se fatiguaient tout de suite. Une chaise craqua, dans la chambre. Puis une chaussure tomba sur le plancher. Non, elle ne me répondrait pas. Pourtant, je continuai à surveiller le bas de la porte. Elle réfléchissait, sans doute ; elle méditait quelque phrase qui allait m'éclairer sur ses intentions... Le lit grinça. Le commutateur claqua. Allons ! Je n'avais plus qu'à me coucher, moi aussi, et à remuer, pendant des heures, les idées les plus folles...

Le lendemain, j'étais aussi démoli et aussi anxieux que le matin de notre évasion. Je soulevai le rideau : les maisons d'en face semblaient sèches. Les gouttières avaient cessé de cracher. C'était bon signe. Je m'habillai et, avant de sortir, frappai légèrement à la porte de communication ; puis je me rendis à la salle à manger, où Hélène m'avait précédé. Je l'embrassai derrière l'oreille, distraitement.

« Bien dormi, Hélène ? »

Elle haussa les épaules.

« Je suis désolée, Bernard. Ne m'en veuillez surtout pas. Mais je suis à bout. C'est plus fort que moi. Je ne peux plus la supporter.

— Vous comprenez, dis-je, pourquoi j'avais rompu avec elle ?

— Quand nous serons mariés, elle ne mettra pas les pieds chez moi. J'en suis fâchée à cause de vous,

Bernard, mais j'aime mieux vous prévenir franchement.

— Je n'ai pas l'intention de vous imposer Julia, ripostai-je avec vivacité.

— Comment peut-elle être si différente de vous ? Plus je vous observe, tous les deux, et plus je vous trouve étrangers l'un à l'autre. C'est à croire que vous n'êtes pas du même sang. »

Je cherchai la main d'Hélène, la tins cachée sous la mienne.

« Je vous en prie, murmurai-je. Patientez encore un peu. Nous ne la reverrons plus. Je vous le promets.

— Merci... Et Agnès, elle ne vous paraît pas bizarre, depuis quelques jours ?

— Non... Je n'ai rien remarqué...

— Oh ! si... Il y a quelque chose. Elle m'inquiète... Bernard, il faut que nous commencions les démarches le plus vite possible. C'est préférable. Pour nous, pour les autres, pour le monde.

— Eh bien, c'est entendu, dis-je en serrant sa main. Dès que Julia sera partie... Mais à mon tour de vous demander quelque chose... Je voudrais une cérémonie très intime. Pas d'invitations, de publicité...

— Oh ! quel mot ! » s'écria Hélène, en riant.

Je m'approchai d'elle et elle me tendit ses lèvres, sagement, comme une bonne épouse depuis longtemps revenue de ses premiers émois. Elle me choquait toujours par sa maîtrise d'elle-même. C'était même par là qu'elle m'attirait. Je me fis insistant, pour le seul plaisir purement esthétique de la sentir faiblir.

« Lâchez-moi ! » chuchota-t-elle.

Absorbés dans une lutte silencieuse, bouche à bouche, nous oubliâmes, l'espace d'un instant, de nous garder. Le premier, je vis Agnès. Aussitôt, je lâchai Hélène, comme un coupable. Hélène devint très rouge, puis livide. Nous étions brusquement en plein drame.

« Une autre fois, je frapperai, dit Agnès.

— Toi... commença Hélène.

— Moi ?... fit Agnès, ironiquement.

— Ecoutez, dis-je, nous n'allons pas...

— Taisez-vous, Bernard, coupa Agnès. Cela ne vous regarde pas. »

Et j'eus l'intuition profonde que je ne comptais vraiment pas, que je n'étais pour elles qu'un objet qu'on se dispute, qu'on se vole. Si la table ne les avait pas séparées, peut-être se seraient-elles jetées l'une sur l'autre.

« J'ai été patiente, reprit Hélène, mais je ne permettrai pas que... »

Nous entendîmes les pas de Julia dans le corridor et les deux femmes, instantanément, changèrent de contenance. On avait l'habitude, ici, de faire front contre les intrus et la correction était plus forte que la haine.

« Bonjour, Julia », fit Hélène, d'une voix qui ne tremblait presque plus.

Julia leur serra la main et vint vers moi avec un sourire bien franc, bien innocent. Elle aussi était forte et savait dissimuler admirablement. Elle m'embrassa sans la moindre répugnance et plutôt avec une sorte de malice sensuelle dont je distinguais parfaitement le sens. Elle trompait avec moi les deux sœurs et ces baisers, ces caresses, ces pressions de main, tout cela signifiait à l'évidence : « Marche donc avec moi, imbécile ! » Alors, pourquoi refusait-elle de me répondre ?

Nous prîmes place autour de la table et, pour dissiper la contrainte qui pesait sur nous :

« Le temps a l'air d'être beau, dis-je. J'ai envie de sortir un peu. Tu ne m'accompagnerais pas, Julia ?

— Pas aujourd'hui, non. J'ai apporté un peu de couture parce que là-bas je n'ai guère le temps de m'occuper de mon linge. »

Elle refusait de sortir, de s'expliquer. C'était cela, sa réponse, soit. Je ne serais pas moins entêté qu'elle. Comme chaque matin, elle était venue déjeuner avant d'avoir fait sa toilette. Elle aimait flâner en robe de chambre, fumer une gauloise en sirotant son café, ce qui exaspérait Hélène. Je revins dans ma chambre et, sur une feuille du carnet, j'écrivis

Bernard est mort en arrivant à Lyon

puis j'expédiai le billet dans la pièce voisine. Je ne courais aucun risque. Jamais Agnès ni Hélène n'entraient dans la chambre de Julia. En revanche, si Julia ignorait la mort de son frère, je jouais gros jeu. Et, logiquement, nécessairement, elle devait l'ignorer puisque *personne* ne connaissait la vérité. Mais alors, pourquoi Julia, encore une fois, m'avait-elle accueilli comme si j'étais Bernard ? Ah ! savoir ! Savoir à tout prix !

L'oreille contre le bois, je guettai. J'étais mille fois plus anxieux que la veille. J'avais juste poussé le billet au-delà de la porte, pour l'obliger à venir tout près, pour être bien sûr de l'entendre. Et je l'entendis distinctement. Elle s'approcha, sans se donner la peine d'étouffer le bruit de ses pas. Je perçus jusqu'au froissement de sa robe de chambre. Ensuite, il y eut un moment de silence. Un long moment. Elle lisait. Elle avait lu. Ce fut tout. L'instant d'après elle vaquait paisiblement à sa toilette. Du moins, à sa manière de marcher, de déplacer les chaises, de verser l'eau, étais-je persuadé qu'elle n'éprouvait aucune émotion violente. Cependant, elle restait dans sa chambre beaucoup plus longtemps qu'à l'ordinaire. Aux aguets de cette vie, de ce souffle, de cette présence qui hantaient la pièce derrière la mince cloison de brique, j'étudiais chaque frôlement, chaque glissement, chaque craquement avec une abrutissante intensité d'attention. Elle refermait son lit, elle ouvrait sa valise... et puis ?... et puis ?...

Enfin, lassé de cette surveillance qui m'humiliait, je me redressai, la tête bourdonnante comme un coquillage. Il n'y avait plus qu'une chose à tenter, la surprendre quand elle sortirait de sa chambre. Je ne savais pas ce que je lui dirais, mais, d'une façon ou d'une autre, je romprais le cercle où j'étais enfermé. La matinée s'avançait. Agnès occupa la cuisine où Hélène la rejoignit bientôt. Elles ne se parlaient pas. De ce côté-là aussi, c'était la guerre. Nous serions contraints, à brève échéance, de ne plus nous séparer, tous les quatre, pour éviter le conflit définitif. Julia tourna la poignée de sa porte et je bondis dans le couloir. Je la tenais.

Elle sortit, eut un mouvement de recul, en me voyant.

« Julia, écoutez-moi ! »

Elle m'écarta d'un geste rude.

— Je vous en prie, dit-elle — et sa voix avait perdu un peu de son assurance — laissez-moi.

— Nous devons nous expliquer.

— Plus tard.

— Tout de suite !

— Laissez-moi ou j'appelle. »

Aucune douleur, sur son visage rusé. Mais, dans ses yeux trop noirs, une sorte de dilatation, de fixité, tandis qu'elle passait devant moi, le dos au mur. Elle avait peur. Elle avait dû prendre mon billet pour quelque avertissement plein de menaces. J'essayai de la rejoindre.

« Non, dis-je... Ce n'est pas ce que vous croyez. »

Elle courut jusqu'à la salle à manger. Là, elle était en sécurité. Elle redevint la Julia que je redoutais.

« Bernard, aide-moi à mettre la table ! »

Elle me tutoyait sans effort, haussant la voix pour être entendue de la cuisine et, se tenant toujours loin de moi, elle s'appliqua à entrechoquer les couverts, à heurter les assiettes. Je n'avais plus qu'à me taire. Mais je ne la lâchais pas du regard. Elle avait beau feindre, elle était moins sûre d'elle. Sans doute pensait-elle que j'avais tué son frère, ce qui me compromettait un peu plus. Elle était très capable de me dénoncer, si j'essayais de lui en imposer. Ce fut un étrange repas. Personne ne parla. Personne n'avait plus le courage de donner le change aux autres. Des figures comme des masques. Nous nous déplacions à tour de rôle, pour attraper le pain, le sel, le beurre. Hélène se retira au bout d'un quart d'heure, sans un mot d'excuse.

« Elle est un peu souffrante, dit Agnès, et moi-même, je me sens fatiguée. »

Je sautai sur l'occasion.

« Allez vous reposer, m'écriai-je. Nous débarrasserons, Julia et moi. »

Agnès me jeta un coup d'œil méfiant.

« Non, merci. J'aurai tout le temps de me reposer la semaine prochaine. »

Julia ne sembla pas avoir remarqué cette allusion à son départ. Elle finissait de manger une pomme, sans se presser. Elle aimait les pommes. J'allumai une cigarette. Il y en avait toujours plusieurs paquets, traînant sur les meubles, salaire des prédictions d'Agnès. Hélène sortie de l'arène, il me serait plus facile de bloquer Julia dans un coin et de poursuivre l'entretien si mal commencé. Je me promenai non loin de la cuisine, tâchant d'écouter ce qu'elles se disaient à voix basse, et retournant la situation dans ma tête. Bon gré, mal gré, j'allais être obligé de négocier ma liberté avec Julia. Impossible de réaliser la fortune de Bernard, maintenant, et de filer. Il me faudrait payer Julia. Et toujours pèserait sur moi la menace d'un chantage. Voilà, évidemment, où elle voulait en venir. Apre et dénuée de scrupules comme elle l'était, elle ne devait pas être disposée à lâcher une si belle occasion de s'enrichir. Peut-être même s'attaquerait-elle à Hélène, quand elle aurait tiré de moi le maximum. Je lisais dans son jeu. Tout s'expliquait. Elle étudiait Hélène pour chercher son point faible ; elle estimait probablement que les deux sœurs étaient très riches. Et, le jour de son départ, elle me mettrait le marché en main. « Vous avez tué Bernard. Vous allez faire, grâce à sa mort, un beau mariage. Partageons. Sinon, je vous dénonce. »

Le coup était imparable. Et tant qu'elle vivrait… Je ne pouvais pourtant pas la tuer. Une voix secrète, que je connaissais bien, m'objecta aussitôt : « Tu as bien tué ta femme ! » Je jetai ma cigarette et, le front bas, les mains au dos, j'arpentai le salon. Mon tourmenteur savait admirablement à quels moments j'étais vulnérable, ouvert à la souffrance, divisé par le remords. Je rectifiai, cependant, par souci d'objectivité : « Je ne l'ai pas tuée… J'ai hésité, au moment de la sauver… et, à cause de cette hésitation, elle s'est noyée… Ce n'est pas du tout pareil. » « Tu l'as laissé mourir parce qu'elle te gênait ! » « C'est faux !… Elle ne me gênait pas. Elle m'empêchait de vivre, ce n'est pas la même chose ! » « Julia aussi t'empêche de vivre ! »

Bon ! Je ne discuterais pas davantage. Je n'étais pas un assassin, un point c'est tout. Pas question de toucher à Julia... Pas question, non plus, d'épouser Hélène. Je ne pouvais pas, honnêtement, la fourrer dans le même guêpier que moi. Alors ?... Eh bien, il n'y avait pas de solution. Ou plutôt si... il y en avait une, au-dessus de mes forces : partir... la musette au flanc, comme un clochard, aller demander du travail, à droite, à gauche, et finalement me faire ramasser et expédier au S.T.O... Ou bien la Saône, l'eau noire et gluante, un peu d'écume flottant sur un bref remous... Julia nous tenait et nous tenait bien.

J'attendis, vissant et dévissant machinalement le tabouret du piano. Elles revinrent, rangèrent la vaisselle. J'entendis Julia qui s'exclamait :

« Tiens, vous avez des cartes !

— On ne s'en sert jamais, dit Agnès.

— C'est pourtant amusant. Voulez-vous que je vous les tire ? »

Julia tirant les cartes à Agnès ! Cela devenait une maison de fous !

« Bernard ! cria Agnès. Venez ! On a besoin de vous... Pourquoi nous avez-vous caché les petits talents de votre sœur ?

— Oh ! dit modestement Julia, il ne faut pas prendre ces choses-là au sérieux. C'est plutôt une manière de passer le temps, et quelquefois, ça tombe juste.

— Comment avez-vous appris ?

— Par une voisine, à Saint-Flour. Quand nous nous ennuyons, ou que les nouvelles sont trop mauvaises, nous interrogeons les cartes. »

Intéressée, Agnès posa le paquet sur la table.

« Je vais vous regarder, dit-elle. Essayez avec Bernard... Allons, Bernard ! Ne faites pas cette tête-là !

— Coupe », dit Julia.

Elle retourna les cartes par groupes de trois,

choisissant certaines d'entre elles selon des règles qui m'échappaient. Bientôt un demi-cercle de cartes s'arrondit devant elle.

« Elles sortent bien, murmura Agnès.

— Ce roi, c'est toi, fit Julia. Coupe encore... Quel drôle de jeu ! »

Elle compta les cartes étalées. Dix-sept. Son index se mit à courir, de carte en carte.

« As de trèfle. C'est signe d'argent... Il y a beaucoup d'argent pour toi... Dix de pique... mais il y a aussi un ennui... je ne sais pas quel ennui... tu ne peux pas entrer en possession de cet argent... Dame de pique, une femme brune... Valet de carreau, le facteur... Cette femme brune a reçu une lettre... Dix de carreau, une route... elle a fait ou elle va faire un voyage...

— Cette femme brune, dis-je, c'est sans doute toi... Tu ne crois pas ?

— Peut-être, murmura Julia... Neuf de pique, maladie. Cette femme risque de tomber malade... Je ne peux rien affirmer... En tout cas, il pourrait bien lui arriver quelque chose... Roi de carreau, un militaire... Là, je ne vois pas.

— En effet, dis-je, la femme brune... le militaire... Ce n'est pas très clair.

— Dix de trèfle... toujours l'argent. »

Agnès, à genoux sur sa chaise, nous surveillait avec une attention qu'elle ne dissimulait plus. Elle fermait à demi les yeux, comme quelqu'un qui cherche à surprendre une conversation pleine d'allusions.

« Dame de cœur... quelqu'un qui t'aime... Dame de trèfle... ce pourrait être ta femme, si tu étais marié.

— Hélène, dit Agnès.

— Et la dame de cœur, c'est vous, forcément », observai-je.

Agnès rougit.

« Tout cela n'a aucun sens, grogna-t-elle.

— Oh ! si, fit Julia. Mais on ne le découvre qu'après. »

Nous avions oublié qu'il s'agissait d'un simple passe-temps. Nous étions tendus, comme des joueurs qui risquent leur fortune et peut-être davantage.

« Du pique... du pique, reprit Julia... Mon pauvre Bernard, tu es environné de pique. Le sept, c'est une surprise, mais une mauvaise surprise, surtout quand il est à l'envers. Et pour finir, le sept de trèfle... argent. »

Julia réunit les dix-sept cartes et les rangea en petits paquets formant une croix.

« Nous allons voir, annonça-t-elle, ce qui va arriver bientôt. »

Elle leva, une à une, les cartes du paquet central.

« Le roi de trèfle... le sept de pique... le sept de carreau... La surprise, pour toi, dans la maison.

— Tu ne pourrais pas un peu préciser ? demandai-je.

— Non. Tu vas peut-être apprendre quelque chose de désagréable.

— Je m'y attendais. »

Agnès tourna la tête vers moi, d'un air perplexe, puis revint au jeu.

« Continuez, dit-elle. Qu'est-ce qui arrivera ensuite ? »

Julia consulta les cartes, à gauche, à droite, en haut, en bas.

« La dame de pique... le neuf de pique... le roi de carreau... le valet de trèfle... »

Elle fit la moue.

« Je vois, murmurai-je... Le militaire fait du mal à la femme brune... Il n'est pas seul, du reste... Ce valet ne m'inspire pas confiance ! »

Brusquement, d'un revers de bras, Agnès balaya les cartes qui s'éparpillèrent sur le parquet.

« Vous êtes ridicules, tous les deux. Et je n'aime pas vos sous-entendus. Si vous avez des choses à vous confier, je m'en irai.

— Des sous-entendus ? » dit Julia.

Mais Agnès ne voulait plus rien écouter. Elle sortit précipitamment.

« Quelle drôle de fille ! » s'exclama Julia.

Puis elle s'avisa que nous restions seuls, face à face, et, à son tour, se leva, mais avec une lenteur pleine de circonspection, comme si j'avais été un reptile que le moindre mouvement pût mettre en fureur. Je commençai à tourner, sans me presser, autour de la table.

« Restez où vous êtes », ordonna Julia.

D'un rapide coup d'œil, elle chercha par où elle pouvait fuir.

« Je vous donne ma parole, Julia, que vous n'avez rien à craindre.

— Si vous faites un pas de plus, reprit-elle à voix basse, tant pis pour vous. »

Elle recula vers le couloir, sans cesser de me regarder.

« Enfin, Julia... vous admettez que nous avons à parler ! »

Elle atteignit la porte et la referma lentement. Je vis luire un œil qui me surveillait une dernière fois, puis la poignée de cuivre tourna sans bruit. Les cartes gisaient un peu partout, et leur désordre éveillait l'image de quelque bataille de bouge. Je les ramassai avec répugnance. J'avais compris, comme Agnès, mais mieux qu'elle, les sous-entendus de Julia. Elle se trompait si elle pensait que ces allusions voilées étaient capables de satisfaire ma curiosité. J'allais m'arranger pour attirer dehors Agnès et Hélène. Ensuite... Je forcerais plutôt la porte de sa chambre, s'il le fallait. Je frapperais, si c'était nécessaire. Mais elle parlerait, bon Dieu oui, elle parlerait...

Pour me calmer, j'ouvris le piano et je demeurai longtemps, les mains posées sur les touches, me jouant de mémoire des musiques d'Albeniz, si totalement sereines, dans leur négation désespérée. A quoi bon ces ruades, cette violence, ces soubresauts! J'étais perdu... Ce n'était d'ailleurs pas la première fois que je me rendrais sans combat.

Il était un peu plus de quatre heures. Hélène traversa le couloir et entra dans la cuisine. Elle allait préparer le thé. Il y eut d'autres allées et venues que j'aurais dû suivre de plus près, mais je traversais l'un de ces moments où l'on se coucherait à terre en souhaitant de mourir. Je gagnai ma chambre sans rencontrer personne et remarquai, immédiatement, que les deux battants de mon alcôve n'étaient pas tout à fait fermés.

« Il y a quelqu'un ? »

A l'instant même, j'entendis les voix des trois femmes, dans la salle à manger. J'étais grotesque. Pendant qu'elles se réconciliaient, du moins en apparence, j'imaginais, comme un gosse, que quelqu'un était caché dans l'alcôve. J'écartai les deux battants ; le jour toucha mon lit et je demeurai immobile. Je ne m'étais pas trompé. Il y avait quelqu'un. J'aperçus, sur l'oreiller, une petite photographie et je n'avais pas besoin de la prendre dans ma main pour reconnaître le visage. C'était celui de Bernard... Une photo d'identité semblable à celles qu'il m'avait montrées, au stalag. Avant d'être mobilisé, il s'était fait photographier hâtivement. Il portait, à ce moment-là, ses cheveux en brosse. Bernard !

Je touchai la photo, craintivement. Qui s'était introduit dans ma chambre ?... Qui me signifiait que j'étais découvert ?... Qui, sinon Julia... Elle abattait son jeu parce qu'elle se sentait en danger. Elle me fournissait la preuve qu'elle était la plus forte. Il n'y avait qu'à regarder cette photo pour découvrir la ressemblance entre le frère et la sœur. Une seconde photo dans la chambre d'Hélène. Une troisième dans celle d'Agnès. Et c'était fini !... Au fait, c'était peut-être cela, sa dernière manœuvre. Elle ne me dénoncerait même pas. Bernard m'accuserait à sa place. Mon pauvre Bernard ! Le seul qui ait jamais eu confiance en moi. Mon seul ami.

Je glissai le mince carton dans mon portefeuille et essuyai au couvre-pied mes mains moites. Autant être fixé tout de suite. Sur la pointe des pieds, je longeai le couloir, entrouvris la porte d'Hélène. Rien sur le lit. Je rebroussai chemin, contournai la salle à manger, me faufilai jusqu'à la chambre d'Agnès. Rien sur le lit.

« Bernard ! »

C'était Hélène qui m'appelait.

« Bernard !... Venez prendre une tasse de thé ! »

CHAPITRE IX

Elles étaient là, toutes trois, beurrant des tartines, souriantes, amies ; elles posaient sur moi des regards bienveillants.

« Vous dormiez donc ? dit Agnès.

— Je rêvassais.

— Il a toujours été un peu dans la lune, dit Julia. Quand il était petit, il fallait aller le chercher dans sa chambre. Il avait toujours le nez dans un illustré. »

La garce ! Les mensonges coulaient de ses lèvres comme des fleurs.

« Ce devait être un drôle de petit garçon, observa Hélène. Vous qui étiez l'aînée, avez-vous eu du mal avec lui ?

— Beaucoup, fit Julia, très sérieusement. Il ne voulait pas travailler.

— Il réussissait bien au piano ? »

Julia mouilla sa tartine, prit le temps d'avaler une bouchée.

« Pas trop, dit-elle. Son professeur se plaignait souvent. »

Je croyais entendre ma mère. Je comparaissais presque chaque semaine devant des dames très maquillées, qui prenaient le thé avec elle, et l'on parlait de moi, exactement sur ce ton, tandis que je rongeais mon frein, le regard en dessous.

« Vous avez eu du mérite, dit Hélène.

— Sans me vanter, soupira Julia, il me doit un peu d'être devenu ce qu'il est.

— Nous pourrions peut-être changer de conversation ? proposai-je. Sur le chapitre de la reconnaissance, je n'ai jamais été très fort. »

Agnès eut un petit rire d'approbation et poussa vers moi le sucrier.

« Julia vous a prévenu qu'elle voulait partir demain matin ?

— Non, m'exclamai-je. Pourquoi ce changement au programme ?

— Je préfère voyager de jour, expliqua Julia.

— Mais vous arriverez très tard, objecta Hélène.

— Quand même... J'aime mieux. »

Voilà donc pourquoi la détente était survenue. Julia s'en allait. Elle partait sans crier gare, pour m'empêcher de passer à l'offensive.

« C'est dommage, murmura Hélène poliment.

— A quelle heure est ton train ? demandai-je.

— A six heures et demie.

— C'est bien tôt, dit Hélène. D'autant que vous serez obligée de partir au moins une heure à l'avance. Les trains sont toujours bondés.

— Je prendrai un taxi.

— Vous n'en trouverez pas. Il y en a très peu et ils sont tous retenus à l'avance. »

Julia parut un peu moins paisible. Elle faillit me regarder mais baissa la tête vers sa tasse, comme si elle réfléchissait.

« Oh ! dis-je d'un ton léger, la gare n'est pas si loin ; la valise n'est pas lourde et, de toute façon, j'accompagnerai Julia. Par conséquent, l'affaire est réglée.

— Nous vous préparerons des sandwiches, tout à

l'heure, continua Hélène. Je ferai durcir des œufs. Cela vous permettra de tenir jusqu'à Saint-Flour.

— Merci, dit Julia. Mais je ne voudrais déranger personne. »

Elle se tourna vers moi.

« Tu n'es pas obligé de venir à la gare, tu sais... Je t'écrirai dès que je serai arrivée.

— Mais non, mais non, plaisantai-je. Au stalag, j'avais l'habitude de me lever de bonne heure. »

Julia remuait toujours sa cuiller dans sa tasse, bien que le sucre fût fondu depuis longtemps.

« Je pourrais peut-être téléphoner à une station de taxis, pour voir, dit-elle.

— A votre guise », fit Hélène, déjà revêche.

Julia appela. Nous l'écoutions, sans parler.

« Oh ! comme c'est ennuyeux », répétait-elle à la fin de chaque communication.

Elle revint bientôt.

« Vous ne serez pas mangée ! dit Agnès.

— Non, je sais bien, murmura mollement Julia. Excusez-moi, je vais préparer ma valise.

— Et nous, les provisions », dit Hélène.

Je restai seul, avec la photo de Bernard dans ma poche. M'approchant de la fenêtre, je la sortis de mon portefeuille et l'examinai, dans le creux de ma main. Le visage de mon ami me regardait. Il souriait. Je reconnaissais cette expression de bonne humeur qui l'éclairait, quand les choses ne marchaient pas comme nous l'aurions souhaité. « Allez ! ça se tassera ! » Mais, cette fois, ça ne se tasserait pas. Une émotion très pure faisait trembler mes doigts. Lui, du moins, où qu'il fût, ne me jugeait pas mal. « Si tu me vois, pensai-je, tu me pardonnes ! » Je grattai une allumette et, pinçant par un coin la photo, l'approchai de la flamme. La figure de Bernard roussit, se gondola, s'effaça. Il n'y eut plus, dans un cendrier, qu'un débris charbonneux. Je me dirigeai vers ma chambre, un peu rassuré, malgré tout. Je me doutais bien que Julia possédait d'autres photos, mais, si elle cherchait à s'entendre avec moi, elle n'allait pas les montrer à Hélène ou à sa sœur. J'avais été idiot de prendre peur. J'arrachai une feuille de carnet et griffonnai à la hâte :

J'ai compris votre avertissement, je vous répète que vous n'avez rien à craindre de moi. Dites-moi vos conditions.

Le billet fila sous la porte et, comme les précédents, resta sans réponse. J'eus beau attendre, écouter, piétiner d'impatience et me ronger les ongles, Julia m'ignora. Je finis par m'allonger sur mon lit. Evidemment, elle jouait une très grosse partie, et elle devait me considérer comme un individu prêt à tout, plein de ressources — car il en fallait pour mener à bien une évasion — et résolu à tuer. Partagée entre la frayeur et la cupidité, elle essayait de me désarmer par ses caresses, très peu innocentes, et par ses menaces. Quand elle avait gagné Lyon, sans doute était-elle persuadée qu'elle allait y retrouver son frère. Comment aurait-elle pu apprendre la mort de Bernard ? Mais sa conversation avec Hélène et Agnès lui avait fait rapidement découvrir la vérité. Elle avait compris que ce serait un inconnu qui se présenterait devant elle. Alors, immédiatement, elle avait songé à exploiter la situation, et dressé son plan.

La sensation, intolérable, d'être comme un gamin entre les mains de cette femme me rendait malade. En outre, je sentais que les événements se précipitaient. J'étais emporté et j'avais l'impression de revivre l'ancien naufrage, au fond de la gorge, parmi les rochers à fleur d'eau. Je renonçai à penser. Je demeurai immobile ; j'avais froid. Je n'étais que contradictions et ténèbres. Quand on m'appela pour le dîner, je faillis refuser, tant je les haïssais en bloc, toutes les trois. Mais je n'avais pas été formé en vain par ma mère. J'étais peut-être capable d'une vilenie, mais pas d'une incorrection. Je remis de l'ordre dans ma toilette — je portais un complet de Bernard, ajusté par Hélène — et je rejoignis ma sœur, ma fiancée et ma maîtresse. Voilà où j'en étais, par ma faute et pourtant sans avoir rien voulu.

Le repas fut plutôt animé. Je ne sais plus de quoi nous parlâmes. De la guerre sans doute, des attentats qui se multipliaient. Il y avait eu, du côté de la Tête d'Or, une véritable bataille rangée. Mais, pour Hélène et Agnès, tout cela comptait beaucoup moins que le départ de Julia. Notre petite jungle individuelle nous suffirait ; la grande, autour de nous, avec ses massacres, ses fusillades, ses crimes de toutes sortes, nous l'avions presque oubliée. Nous bûmes au bon retour de Julia. Hélène ne l'invita point à revenir mais lui dit à quel point elle avait été contente de la connaître. Julia forma le vœu de nous recevoir tous à Saint-Flour. C'était une bien touchante réunion et les mensonges sonnaient de la manière la plus cordiale. Agnès prêta son réveil à Julia, après l'avoir remonté elle-même.

« Bernard l'entendra sans peine, à travers la cloison, dit-elle.

— Nous nous reverrons demain matin, ajouta Hélène. Bonsoir. Reposez-vous bien. Votre voyage sera fatigant. »

Je n'essayai plus de communiquer avec Julia, mais je ne dormis guère, repassant dans mon esprit toutes les questions que je devrais lui poser durant notre trajet jusqu'à la gare. Je disposerais d'une vingtaine de minutes à peine. Et j'allais être obligé de la supplier...

Le lendemain matin, la cérémonie de la séparation

fut vite expédiée. Le temps pressait. Personne n'avait envie de parler. Nous mangeâmes très vite aux bougies, faute de courant. Julia semblait préoccupée et elle évitait de me regarder. J'ai toujours détesté ces départs au petit jour, tellement sinistres ! Mais celui-là était particulièrement pénible. Les adieux furent écourtés. Hélène tenait une bougie à bout de bras, sur le palier. Je descendis le premier, portant la valise très lourde, dans la clarté oscillante qui faisait de chaque marche un traquenard. Les talons de Julia claquaient derrière moi. Quand nous arrivâmes au rez-de-chaussée, la petite lueur, là-haut, disparut, et nous fûmes dans le noir.

« Donnez-moi la main, dis-je.

— Non... Marchez devant... Je veux vous entendre... Allez !... Marchez donc ! »

J'ouvris la porte avec un passe-partout que m'avait prêté Hélène. La nuit était obscure et mouillée, comme celle où je m'étais égaré. Julia hésita, sur le seuil.

« Nous allons être en retard », murmurai-je.

Elle vint se planter à ma droite, du côté où je tenais la valise, et nous nous mîmes en route, tâtant du pied le trottoir comme un sol verglacé. Au bout de vingt mètres, la valise commençait à m'arracher l'épaule. Je la changeai de main. Julia poussa un cri.

« Ne soyez pas stupide, dis-je. Nous n'avons plus le temps de jouer à cache-cache. Alors ?... Qu'est-ce que vous voulez me proposer ?

— Qui êtes-vous exactement ? demanda Julia.

— Ça n'a aucune importance. J'ai été le compagnon de Bernard pendant des mois, des années. Il n'avait rien de caché, pour moi. Nous nous sommes évadés ensemble. S'il est mort, je vous donne ma parole que ce n'est pas ma faute.

— Ce n'est pas vous qui... ?

— Non. Ce n'est pas moi. Il a été accroché par un wagon, au moment où nous traversions la gare de triage... Je vous en prie, marchez moins vite. Elle pèse son poids, votre sacrée valise... »

Nous étions sur le quai de la Saône. Une bouffée de crachin, comme l'haleine de la nuit, nous souffla au visage.

« Pourquoi cette comédie ? continuai-je.

— Pour voir quel genre d'homme vous étiez. Pour voir si nous pourrions nous entendre.

— Nous entendre sur quoi ?

— Mon oncle Charles est mort. Nous étions fâchés. Il laisse à Bernard toute sa fortune.

— Et alors ?

— Vous ne comprenez pas ?... Il s'agit d'un héritage d'une vingtaine de millions. »

Je posai à terre la valise.

« Et c'est moi, dis-je... enfin, c'est Bernard le seul héritier ? Il n'y a rien pour vous ?

— Rien. A défaut de Bernard, l'héritage doit revenir à des œuvres. »

Je soufflai un peu, m'essuyai le front et le cou avec mon mouchoir. La nuit nous enveloppait, nous rapprochait comme des complices. Le visage de Julia faisait une tache crayeuse, près de moi. Sa voix était prodigieusement vivante.

« Il n'y a rien pour moi, répéta-t-elle, avec une sorte de sanglot.

— C'était donc cela, murmurai-je. Au fond, la mort de Bernard vous arrange. Nous deux, nous allons pouvoir partager ?

— Dame !

— Dix millions ! fis-je, sans prendre très bien conscience de ce qui m'arrivait.

— Non, rectifia Julia, cinq... Et je vous laisse épouser Hélène.

— Et si je refusais cet héritage ?

— Ce serait le meilleur moyen d'éveiller les soupçons.

— Admettons ! Mais ensuite, vous ne me réclamerez plus rien ?

— Pour qui me prenez-vous ? »

Elle me tendait un piège. Forcément. Les choses ne pouvaient pas être aussi simples.

« Comment pourrais-je remplir les formalités ? Le notaire connaît peut-être Bernard ?

— Non. Il est établi à Abidjan. Je me suis renseignée. Il vous suffira de deux témoins ; vous les trouverez dans les relations d'Hélène. Aucune difficulté. »

Il m'aurait fallu du temps, beaucoup de temps, et surtout beaucoup de calme, pour examiner la situation sous tous ses aspects. Et je n'étais capable que de penser, sans en éprouver d'ailleurs une joie excessive : « Tu es libre… tu es riche… tu es libre… »

Un train siffla, loin de nous, aux confins de la ville.

« Etes-vous d'accord ? dit Julia.

— Bien obligé. Si je n'étais pas d'accord, vous me dénonceriez, n'est-ce pas ? »

Elle se garda de répondre, mais nous savions, tous les deux, à quoi nous en tenir. Et elle savait aussi qu'elle était, en cet instant, à ma merci. Nous étions seuls, sur ce quai où passait le vent ; les ténèbres cachaient mes mouvements. Si je cédais à la cupidité, c'en était fait d'elle. Et, depuis le début, elle vivait dans la terreur de ce moment, qu'elle avait reculé tant qu'elle avait pu.

« Je peux avoir confiance en vous ? repris-je.

— C'est ma parole contre la vôtre. Vous m'affirmez que vous n'avez pas tué Bernard, et je vous crois… Par conséquent… »

Nous approchions du cours de Verdun. Deux

cyclistes nous dépassèrent. Des cloches sonnèrent l'angélus, et je sentis que Julia cessait d'avoir peur. Elle se rapprocha de moi

« Je ne vous veux pas de mal, chuchota-t-elle. Je croyais que vos billets cachaient une ruse. Je voyais que vous tourniez autour de moi... Vous aviez l'air si méchant !

— Nous aurions pu sortir... nous expliquer...

— Vous n'avez donc pas senti combien ces deux femmes vous épient. Elles sont folles de vous... Agnès surtout. J'en arrive à me demander si elle est bien persuadée que je suis votre sœur. Autant vous le dire, c'est elle qui m'a écrit pour me signaler le retour de Bernard et qui m'a soufflé le prétexte de l'employé de mairie. Sans doute espérait-elle que j'allais vous confondre. Méfiez-vous de cette... »

Les deux coups de revolver claquèrent, bien détachés, sur le boulevard. Je posai la valise.

« Qu'est-ce que c'est ? » dit Julia.

Une mitraillette lâcha une rafale ronflante. Les cloches sonnaient toujours. Puis le bruit d'une course grandit, à l'angle du quai. Quelqu'un dérapa au tournant, fonça sur nous.

« Foutez le camp, nom de Dieu ! hurla-t-il. Les voilà !... »

« On vient de leur descendre un type », pensai-je, et brusquement la peur me secoua, comme une décharge électrique. Je saisis le poignet de Julia.

« Ma valise ! fit-elle. Ma valise !

— Tant pis ! »

Je commençai à courir, tirant Julia. J'allais plus vite qu'elle et elle zigzaguait, au bout de mon bras, entravée par sa robe, gênée par ses chaussures à semelles de bois qui résonnaient comme des claquettes. Ils allaient nous entendre ; si j'étais repris... le camp de représailles... Courir ne me sauverait pas... il fallait disparaître... tout de suite... J'ouvris les doigts et Julia resta en arrière.

« Bernard... Attendez-moi ! »

Elle ne savait plus ce qu'elle disait. Sa voix s'enrouait. J'avais moi-même du feu dans la poitrine, dans la gorge. Je cherchai le passe-partout, dans la poche de mon imperméable. Julia perdait du terrain ; elle n'appelait plus, pour ne pas s'essouffler davantage mais elle s'efforçait désespérément de me rejoindre. Le trottoir, les murs commençaient à se silhouetter en surfaces blêmes, à peine moins sombres que la nuit qui nous protégeait encore. L'aube venait. J'obliquai vers un porche et je tâtonnai, le corps bousculé par ma respiration, par mon cœur emballé, par l'énervement de la terreur. Il n'y avait donc pas de serrure ! Julia se rapprochait. Mes doigts trouvèrent la serrure. Je jouai ma vie à pile ou face. Ou bien le passe allait ouvrir, ou bien je n'avais plus qu'à les attendre, les bras levés. J'introduisis la clef. Julia arrivait. Elle marchait, s'appuyant à la façade, et toussa comme si elle avait eu la coqueluche. La clef butait. Je l'avais poussée trop à fond. La sueur me tombait sur les mains, tandis que j'essayais de manœuvrer le passe en souplesse. Ce bout de ferraille, c'était ma seule chance. Je crachai des injures, les lèvres retroussées sur les dents. Julia s'abattit presque sur mon dos. Elle pleurait. Je la repoussai de l'épaule. Là-bas, dans le silence revenu, nous entendîmes leurs pas, sur toute la largeur de la chaussée. Ils ratissaient la rue, comme un chalut. Des ordres partaient, plus effrayants que des détonations. Le passe accrochait je ne sais quoi de dur qui tournait un peu, retombait.

« Bernard... Ne restons pas là...

— Vous... », grondai-je.

Si mes mains n'avaient pas tellement travaillé, je

l'aurais frappée au visage. Mais il fallait entrer. Je l'aurais, cette saloperie de serrure ! J'allais l'avoir.

« Ils ont des lampes électriques », gémit Julia.

Le poignet mou, les yeux fermés, devenu tout entier passe-partout, je tentais de m'ajuster à l'obstacle. J'entendais les bottes raclant le ciment et j'entendais aussi l'infime déclic, dans l'épaisseur de la porte. Je tirai sur moi en tournant, et ce fut soudain comme si le mur s'ouvrait, comme si un flot de lumière coulait en moi. Je récupérai la clef, me retournai vers Julia qui s'accrochait à moi.

« Si vous voulez entrer, lâchez-moi ! »

Docile, elle recula un peu. Je poussai violemment la porte, la refermai aussitôt, mais Julia, comme une bête prise au piège, se mit à peser de toutes ses forces sur le battant. Nous luttâmes ainsi quelques secondes, elle dans la rue, moi dans le couloir. Nos gémissements se répondaient. Puis elle poussa une sorte de soupir rauque et je gagnai un centimètre. Je sentis qu'elle consentait à son sort. La porte se refermait. Le pêne claqua. Elle frappa légèrement du poing sur le bois, comme un noyé qui se débat encore un peu. Ensuite, ses semelles claquèrent et j'eus l'impression qu'elle marchait en rond, sur le trottoir, complètement perdue. Ses pas s'éloignèrent ; le claquement s'accéléra. Elle courait. Une absurde prière monta à mes lèvres : « Mon Dieu, faites qu'elle se sauve ! » La mitraillette fit feu, coup par coup, quatre, cinq, six fois. Le tireur voyait son gibier. Il devait faire jour, maintenant. Personne ne courait plus. C'était le silence. Derrière moi, dans les lointains de la maison, un réveil sonna, pressé, rageur. Mais les gens devaient être levés, le front au carreau, surveillant le puits de la rue. Les bottes défilèrent devant la porte close. Il y eut des commandements, des piétinements. Je glissai doucement à terre et je me mis à claquer des dents. C'était irrésistible comme un hoquet. Cela venait du fond de moi-même. Je n'avais pas froid. Je n'avais pas honte. A vrai dire, je ne pensais pas. J'étais une chose qui tremblait. Et quand ce tremblement prit fin, je faillis m'endormir, le dos à la porte, les genoux remontés au menton. Une voiture s'arrêta, un peu plus loin. Des portières claquèrent. On parlait en allemand. Puis la voiture démarra et, au-dessus de ma tête, glissèrent des pas assourdis et prudents. La vie, à petit bruit, reprenait dans l'immeuble. Un enfant pleura. Quelqu'un gratta un poêle. Je me relevai, m'époussetai. Il me semblait que mon corps n'était pas à moi. J'entrebâillai la porte. Un jour sale coulait entre les façades. La rue était vide. Je me risquai au-dehors. Une large flaque sombre maculait le trottoir. Je dus la contourner pour rentrer au gîte, car c'était bien d'un gîte que j'avais besoin, d'une cachette profonde et noire. L'escalier m'acheva. Je m'assis sur la dernière marche. Je ne pouvais pas vivre, du temps que j'étais Gervais, et voilà que maintenant, sous le nom de Bernard... Quand trouverais-je la paix, mon Dieu, la paix ! J'attendis que mon cœur battit à peu près normalement et je frappai. Ce fut Hélène qui m'ouvrit.

« Enfin, c'est vous, Bernard ! Nous avons entendu des coups de feu. J'étais folle de peur. »

Je n'allai pas plus loin que le salon et tombai dans un fauteuil.

« Oui, murmurai-je... Ils nous ont tiré dessus.

— Mais pourquoi ?

— Un attentat... du moins, je crois... Nous avons fui... Julia a été touchée... Moi, j'ai pu me réfugier dans un couloir.

— Ils l'ont tuée ?

— C'est certain. »

Elle appuya ses mains sur mes épaules. Agnès

entra, et Hélène lui fit signe de ne pas poser de questions. Elle expliqua, en chuchotant :

« Il y a eu un attentat. On leur a tiré dessus. Julia est morte.

— Ah ! s'écria Agnès... les militaires... Elle l'avait prévu. »

Si seulement il n'y avait pas eu tous ces signes, tous ces présages, qui m'empêchaient de réfléchir ! Pourtant j'apercevais clairement que la valise et le sac de Julia allaient être fouillés. On découvrirait son identité ; on enquêterait à la mairie de Saint-Flour...

« L'enquête risque de remonter jusqu'à nous, dis-je.

— Allons donc ! Pourquoi voulez-vous que les Allemands s'intéressent à Julia ? Ils comprendront qu'elle s'est trouvée là par hasard. Une femme avec une valise, son billet de chemin de fer, son train qui partait à six heures et demie... Ils n'insisteront pas, croyez-moi. »

C'était l'évidence.

« Vous allez prendre un peu d'alcool, reprit Hélène, vous semblez épuisé. »

Elle essuya un verre, choisit une bouteille. Je me laissai faire. J'aimais cette sollicitude. Hélène, après tout, était peut-être exactement la femme qu'il me fallait.

« Buvez !... Vous irez vous reposer après.

— Merci, Hélène.

— Bien entendu, pas question d'assister à l'enterrement. Ce serait dangereux. Et d'ailleurs, comment serions-nous prévenus ?

— On peut dire que tu penses à tout, observa Agnès. Dommage que ce deuil vienne gêner tes projets. »

Hélène se tourna vers moi.

« Répondez-lui, Bernard.

— Je vous en prie, dis-je, ne me tourmentez pas, toutes les deux. Bien sûr que nos projets ne sont pas modifiés. »

Hélène ne regarda même pas sa sœur. Elle me tendit la main.

« Venez ! »

Je me levai, me laissai conduire vers ma chambre. Elle revint lorsque je fus couché, rangea mes vêtements, s'approcha du lit.

« Vous êtes bien ? Vous n'avez pas froid ?... Si vous voulez une bouillotte ?

— Non... Ça ira... Excusez-moi, Hélène. J'ai été durement secoué ! »

Elle se pencha sur moi, m'embrassa le front et je me sentis apaisé.

« N'ayez pas peur, dit-elle doucement, comme on parle à un grand malade. Je vous promets qu'il ne vous arrivera rien. Plus tard, vous verrez, vous oublierez, peu à peu... quand nous serons mariés. »

CHAPITRE X

Le lendemain, juste après le petit déjeuner, je trouvai la deuxième photographie. Elle m'attendait, posée bien en évidence sur mon lit, et je faillis m'abattre auprès d'elle, assommé. Ce fut comme un orage de frayeur qui me tordit sur place et me laissa sans souffle, sans pensée. J'allai boire un verre d'eau au lavabo. J'écoutai distraitement le piano qui jouait un prélude de Bach. Bon. J'étais découvert. Cela devait arriver... J'allumai une cigarette et me plantai devant la photo, les mains dans les poches. C'était une vieille photo d'amateur, craquelée, jaunie, avec un coin cassé, mais suffisamment nette et sur laquelle les deux verrues apparaissaient distinctement. Bernard, une nouvelle fois, m'accusait gentiment, avec sa bonne gueule joviale tournée vers moi comme pour m'encourager. Ainsi, je m'étais trompé. Ce n'était pas Julia. C'était Agnès !...

Je m'assis sur le lit. Dieu, que j'étais fatigué !... C'était donc Agnès. Elle savait tout. Depuis le premier soir, sans doute. Tant d'idées, tant d'images se précipitaient maintenant dans ma tête que je fermai les yeux, déchiré par la vérité. Ces photos, c'étaient celles que Bernard avait envoyées à sa marraine et qu'Hélène n'avait jamais reçues. Elles avaient été interceptées par Agnès, qui montait souvent le courrier et devait décacheter, de temps en temps, les lettres adressées à sa sœur. Mais pourquoi, pourquoi ?... Je n'avais qu'à évoquer le mince visage serré, les yeux trop doux et toujours un peu perdus, pour comprendre. Agnès pouvait se permettre de sourire quand sa sœur parlait de son mariage, de notre mariage. C'était elle, la cadette, la fille humiliée, qui dirigeait le jeu et tenait le fil de nos destinées. Mais alors...

Je me perdais dans les détours de cette intrigue ourdie par un cerveau malade. Voyons ! Agnès avait écrit à Julia, dans une crise de jalousie. Mais Julia, qui avait besoin de moi pour la réalisation de ses projets, m'avait traité comme si j'étais Bernard. Le coup de théâtre escompté par Agnès n'avait pas eu lieu... Par conséquent, Agnès ne pouvait pas être absolument sûre que je trichais. « Pardon ! m'objectai-je, elle sait que je mens parce qu'elle dispose de moyens que... » Mais non, justement. Ah ! comme tout s'éclairait soudain... Agnès ne possédait aucun don de voyance. Elle jouait ce rôle de médium pour tenir tête à sa sœur, échapper à la médiocrité de sa vie, satisfaire quelque instinct de puissance brimé... Quelle aubaine que mon arrivée ! Comme elle nous avait bien trompés, Hélène et moi, avec ses allusions ! Seule Julia, fine mouche, avait deviné la vérité. Julia... ma seule véritable alliée...

Je soufflai sur les cendres que j'avais répandues, entre mes genoux, sur la couverture. Je n'étais, certes, pas en état de soutenir un long raisonnement, mais j'étais encore capable de rapprocher les deux idées qui pouvaient peut-être me sauver : puisque Julia m'avait reconnu pour son frère, Agnès n'avait plus aucune certitude. Elle soupçonnait simplement que je n'étais pas Bernard et elle me faisait le coup des photos pour me forcer à avouer, à chercher refuge auprès d'elle. Ensuite, elle révélerait à Hélène que Bernard n'était pas Bernard et ce serait son triomphe. Hélène, bafouée, s'en irait. Or, cela, je ne le supporterais pas... Je n'accepterais jamais — si bizarre que cela me parût — de passer pour un coupable aux yeux d'Hélène. Il me fallait donc nier, encore nier, être Bernard à fond, convaincre Agnès. Je ne voyais pas bien comment cette aventure finirait, mais j'étais décidé à ne pas céder. Je n'éprouvais plus, pour Agnès, que mépris et répulsion ; non parce qu'elle s'était moquée de moi, mais parce qu'elle n'était pas capable de voir au-delà des apparences, parce qu'elle n'avait jamais eu accès à ce monde dont j'aurais tellement voulu percer le mystère. Elle ne m'avait pas trahi ; elle m'avait déçu. Et c'était pire. Je la rendais responsable même de la mort de Julia. Pour une fois, j'avais envie d'être méchant...

Je passai toute la matinée dans ma chambre, à rêvasser. Il y a des gens qui excellent à se donner raison ; moi, je suis plutôt doué pour ressasser mes torts. Je m'épluchai jusqu'à l'écœurement. Et j'avais toujours dans les oreilles les détonations, le bruit des pas tranché net... Ces souvenirs me suivraient jusqu'à la fin. Des bribes de mélodies accompagnaient ces pensées moroses. Je notai même quelques cadences sur un coin d'enveloppe. Le rythme de la mitraillette se transformait en accords. Tout, dans ma vie, était prétexte. Les vraies passions, les vraies douleurs, les vrais crimes, les vrais sacrifices, m'avaient été refusés. Je n'y pouvais rien. J'étais un infirme du cœur.

A midi nous passâmes à table, comme d'habitude.

« Comment vous sentez-vous ? me demanda Hélène.

— Mieux, je vous remercie. J'ai encaissé le coup. »

Je regardai Agnès. Elle se penchait, elle aussi, vers moi avec sollicitude.

« Après tout, observa-t-elle, vous étiez fâchés.

— C'était quand même sa sœur, dit Hélène, sèchement. Et, après la perte de son ami Gervais... Il faut se mettre à sa place.

— Oh ! Gervais ! fit Agnès, avec un petit geste de la main.

— Eh bien ?

— C'est déjà loin !

— Toi, tu n'aimes personne », conclut Hélène.

Agnès haussa les épaules.

« Qu'est-ce que tu en sais ? »

J'étais excédé de ces escarmouches et je devinais trop bien, maintenant, les intentions d'Agnès. Aussi gardai-je le silence, essayant en vain d'abréger la durée du repas.

« Vous pourrez vous reposer, dit Hélène. J'ai des courses à faire en ville.

— Et moi, dit Agnès, j'ai repoussé tous mes rendez-vous. Je croyais que la pauvre Julia resterait plus longtemps. »

Les deux sœurs se jetèrent un coup d'œil méfiant. Je me hâtai de rassurer Hélène.

« Je vais encore dormir un peu. Je me sens réellement très fatigué. »

Mais j'étais déjà résolu à en finir avec Agnès. L'occasion ne s'en représenterait peut-être plus de si tôt. A peine le dessert posé sur la table, je m'excusai et me retirai dans ma chambre. Là, je tâchai d'imaginer l'entretien qui allait avoir lieu. Peine perdue ! Je ne trouvais pas mes mots ; je ne savais même pas très bien ce que j'attendais d'Agnès. Et, comme toujours, mes pensées se changeaient peu à peu en images ; je divaguais ; je triomphais d'Agnès, puis d'Hélène ; j'étais riche ; je devenais célèbre ; je donnais des récitals... Pauvre type ! Je me forçai à refaire mon lit et à mettre un peu d'ordre dans la pièce. Ça, du moins, c'était vrai, c'était concret. Malheureusement, c'était mortellement ennuyeux, et je retombai tout de suite dans mes idées noires. Je me recoiffai, je me brossai ; je glissai la photo de Bernard dans la poche de mon veston ; j'étais prêt. Les horloges de l'appartement, l'une après l'autre, sonnèrent deux heures. Le temps était palpable, dans cette maison. On le respirait ; on s'y engluait ; on le traînait après soi. J'avais envie de me frotter les mains, les joues, comme les mouches frottent leurs antennes, avant de s'envoler. J'entendais aller et venir, à petits coups secs, les talons d'Hélène. Enfin, ils s'éloignèrent vers le vestibule ; la porte d'entrée se referma et son bruit gronda dans ma poitrine. Le moment était venu. Je traversai la salle à manger et le salon sur la pointe des pieds. C'était idiot, mais j'avais l'impression que le silence servait mon entreprise. Je frappai deux ou trois fois à la porte d'Agnès, et entrai, en familier. Assise devant la fenêtre, elle polissait ses ongles.

« Excusez-moi, dis-je. Vous avez oublié quelque chose dans ma chambre. »

Je jetai la photo sur la table, parmi les ciseaux et les pinces. Elle continuait à frotter ses ongles avec application.

« C'est bien vous, n'est-ce pas ?

— Oui.

— Et c'est vous, aussi, qui avez volé ces photos destinées à votre soeur ? »

La lime grinçait doucement. Agnès regardait sa main de tout près, la faisant lentement tourner.

« Volé ! murmura-t-elle... Vous avez de ces mots !

— Peu importe... C'est vous qui avez écrit à Julia.

— C'est moi, oui... J'en avais bien le droit, puisque vous n'êtes pas son frère. »

Je lui posai une main sur l'épaule, affectueusement.

« Tu n'es pas très forte, dis-je. Tu n'as rien compris. Alors, tu te figures qu'au début j'ai pris au sérieux cette histoire de marraine ? Voyons, réfléchis un peu. Nous étions en ligne, la plupart du temps désœuvrés ; des femmes nous écrivaient. Nous nous amusions à leur répondre, pardi ! C'était un jeu plus agréable que les cartes. Mais ce n'était qu'un jeu... Quelquefois, nous échangions nos marraines. Celles qui envoyaient des colis faisaient prime. »

La lime s'était arrêtée.

« J'étais comme les autres. Moi qui n'avais jamais eu le temps de penser aux femmes, je trouvais comique de recevoir des lettres. Comique et un peu troublant. Il y avait, à Lyon, une inconnue qui s'intéressait à moi. Cela ressemblait à une blague et à un conte de fées. Tu vois ce que je veux dire ? Les copains, souvent, quand ils répondaient à leurs marraines, truquaient la vérité, se faisaient passer pour des fils de famille, ou des champions, ou des richards. Ça ne tirait pas à conséquence et, sur le moment, c'était excitant comme un film dont on aurait joué le premier rôle. Moi, je n'avais pas assez d'imagination pour mentir, mais, quand Hélène me demanda des photos, eh bien, comme Gervais était mieux que moi, j'envoyai les siennes... Voilà... Je suis le vrai Bernard. »

Agnès se leva brusquement.

« C'est faux ! dit-elle. Vous venez d'inventer cette histoire à l'instant. Vous êtes Gervais. Et vous n'épouserez pas Hélène.

— Ah ! Voilà le grand mot lâché. Je n'épouserai pas Hélène. Tu as peut-être raison. Mais je ne t'épouserai pas, toi non plus.

— Pourquoi ?

— Mais parce que ton petit chantage me dégoûte.

Que tu sois jalouse, je l'admets. Ce que je n'admets pas, en revanche, c'est toute cette comédie de voyance. Il ne s'agit même pas de nous trois. Je pense à tous ces pauvres bougres, à toutes ces malheureuses qui te prennent pour le Bon Dieu, qui t'apportent leurs reliques, et que tu trompes bassement, comme tu m'as trompé en me décrivant Gervais avec ses deux verrues, en m'annonçant l'arrivée de Julia. »

Elle était livide, avec des taches plus sombres sur les joues, comme des traces de coups. Et ses yeux perdus me cherchaient, allaient de mon front à ma poitrine, comme s'ils avaient voulu déterminer l'endroit où elle pourrait me frapper, avec sa lime à ongles.

« J'ai le don, murmura-t-elle. Je jure que j'ai le don.

— Oui, grâce à ce que tu as lu dans tous ces bouquins.

— C'est faux. Je vois les choses.

— Et tu n'as pas vu que je suis Bernard. »

Elle me jeta la lime au visage mais me manqua. La tige de métal rebondit derrière moi. J'allai la ramasser et la rangeai dans la trousse.

« La preuve que je suis bien Bernard, c'est que Julia m'a sauté au cou.

— Julia est morte.

— Et alors ?

— Il y a du sang autour de toi. »

Je souris d'une manière affreuse, repris par je ne sais quelles superstitions.

« Non, dis-je, ne cherche plus à m'impressionner. C'est fini. »

Elle s'assit lentement, sans cesser de me regarder.

« Je t'aimais, Gervais.

— Assez, criai-je, assez. Pas Gervais !

— Gervais... Bernard... soupira-t-elle... Au point où nous en sommes !... Tu n'épouseras pas Hélène.

— C'est pourtant ce que j'ai l'intention de faire.

— Je t'en empêcherai.

— Je voudrais bien savoir comment.

— Tu ne la connais pas comme moi, Gervais ! »

Je la giflai. Elle redressa aussitôt la tête. Ses yeux brillèrent de larmes retenues.

« Pardonne-moi, chuchotai-je... Agnès... Je n'ai pas voulu...

— Va-t'en !

— Hélène ne te croira pas, si tu lui racontes..

— Va-t'en !

— Tu n'oseras pas lui avouer que tu as volé les photos... Elle cesserait de te prendre au sérieux. Tu ne serais plus, pour elle, qu'une petite fille un peu vicieuse. »

Les larmes coulèrent et je les regardais couler, d'abord rapides, puis suspendues au coin de la bouche, à l'arête du menton, rondes, scintillantes ; toutes les femmes que j'avais connues avaient pleuré, un beau jour, de cette façon, comme si quelque chose avait été détruit, en elles ; et pourtant, je ne faisais que me défendre. C'était mon droit.

« Agnès !... mon petit ! »

Elle ne répondit pas. La tête tournée vers la fenêtre, elle succombait doucement à son chagrin, un très ancien chagrin qui la tourmentait depuis l'enfance, un chagrin peut-être plus précieux que la vie. Je reculai, sans bruit, parce que je voyais, en ce moment, quelque chose que je n'aurais pas dû voir. Le dos à la porte, j'embrassai du regard la petite chambre si simple, avec sa bibliothèque bourrée de livres désormais inutiles, et je sortis. Moi aussi, j'étais désespéré. J'essayai, d'un coup d'épaule, de rejeter cette impression mortelle. « Après tout, pensai-je, elle n'a que ce qu'elle mérite ! » Oui, évidemment. Mais si je n'étais jamais venu à Lyon ?... J'allais m'enfoncer, encore une fois, dans le dédale d'une philosophie louche. Je pris mon pardessus, ou plutôt, bien entendu, celui de Bernard. Je descendis... Un pâle soleil déposait sur les pierres une buée de lumière. La Saône fumait comme un cheval qui vient de tracer son sillon. Les collines, les maisons semblaient flotter comme des reflets dans l'eau. Il me semblait que je marchais la tête en bas. Et maintenant ?... Agnès parlerait, c'était certain. Elle s'acharnerait sur moi comme je m'étais acharné sur elle. Poussée à bout, elle se perdrait aux yeux de sa sœur pour me perdre. La vérité ferait de nous trois des vaincus, des épaves. La mort de Julia n'avait servi à rien. J'allais être obligé de déguerpir, de me terrer ailleurs, moi, l'héritier dérisoire de l'oncle Charles. Car, rebuté d'avance par les démarches qu'il me faudrait entreprendre, je sentais que je n'aurais pas assez d'énergie pour soutenir cette nouvelle lutte. Et puis, il y avait trop de millions ! Je n'y croyais pas... Le long du quai, je m'en allais, le menton sur la poitrine, le dos offert au soleil. Grâce à Julia, j'avais assez d'argent pour vivre pendant plusieurs semaines, quand Hélène m'aurait jeté dehors. A moins que... Je me répétais : « Elle m'aime. Elle me l'a dit. » Pourquoi n'avais-je jamais cru possible qu'on pût m'aimer ? Et si Hélène m'aimait, elle repousserait les accusations de sa sœur.

Le soleil, soudain, me parut plus chaud. Bien sûr, je m'étais alarmé trop vite. Agnès ne pouvait rien. A moins, évidemment, d'alerter la justice. Mais il lui eût fallu une certitude. Et, même dans ce cas, j'étais persuadé qu'elle eût reculé. Non, elle ne pouvait rien, rien. Et elle le savait bien. Et si elle pleurait... Un petit choc ! Je venais de me rappeler ce que m'avait confié Hélène, la tentative de suicide de sa sœur. Je ricanai, tout seul, et m'arrêtai, les mains à plat sur le parapet humide. Déjà, l'idée faisait son chemin. Je n'étais que trop habile à la nourrir de mes propres poisons. Encore un peu et j'aurais rebroussé chemin, j'aurais couru jusqu'à la maison... « Elle n'est tout de même pas si bête ! », pensai-je avec humeur. A quoi je me répondis aussitôt : « Tu as vu ses yeux ! Elle était déjà morte. Elle n'a pas supporté de se voir jusqu'au fond. » Je m'accrochai à la pierre. « Et moi, est-ce que je ne me vois pas jusqu'au fond ? Est-ce que je meurs ? Ce serait trop commode ! » « Toi, tu as l'habitude ! » Je m'accoudai au parapet, tête basse. Des mots comme ceux-là m'empêchaient de respirer, me bloquaient la gorge. J'étais obligé, ensuite, de chercher mon souffle en me cachant, comme un cardiaque honteux. A pas comptés, je repris ma promenade à la dérive. Certes non, je ne retournerais pas à l'appartement. J'entendis des cloches. Aucune de mes sorties qui ne fût marquée de carillons. Aujourd'hui, c'était peut-être l'enterrement de Julia qui m'était annoncé de cette manière solennelle. Absurde ! Il n'y aurait ni cortège, ni cérémonie. On inhumerait le corps à la dérobée. J'étais le seul, sans doute, qui eût, à cette heure, une pensée pour Julia. C'était d'ailleurs normal, puisque je l'avais tuée...

Je fis brusquement demi-tour. Personne ne s'occupait de moi ; je n'étais en proie qu'à moi-même. J'écoutais les cloches, mon cœur qui battait, l'eau qui coulait au bas de la pierre. Je devais rentrer. Je le devais absolument. Si je rentrais tout de suite, peut-être arriverais-je à temps pour... Mais non ! Je jouais à me faire peur, voilà tout. Et puis même... Si elle voulait en finir... est-ce que cela me regardait ? Je m'arrêtai au coin d'un pont, j'évoquai des souvenirs d'amour sans réussir à m'émouvoir. Agnès était sortie de moi. Elle ne m'intéressait plus. Rien ne m'intéressait. Je regrettais le stalag, en cette minute, ses barbelés, sa discipline. C'était un cloître à ma mesure.

Je repartis. Je me rapprochai peu à peu de la maison, presque à mon insu, trichant avec moi-même, mais trop fatigué pour résister. Un chien flairait obstinément le trottoir, non loin de la porte. Je saisis le passe-partout, dans ma poche. Il m'aurait fallu changer encore une fois de peau pour échapper à tous ces signes, à ces appels qui m'accablaient. Je montai, en soufflant. J'ouvris. Je tendis l'oreille.

« Agnès ! »

Etais-je assez bête ! Attendais-je, sérieusement, qu'elle vînt à ma rencontre et m'ouvrît les bras ? Mais j'avais l'oreille exercée. Et ce silence des pièces vides, j'en connaissais les moindres nuances.

« Agnès ! »

Je me précipitai. La porte n'était même pas fermée. Agnès était tombée, tout près du cabinet de toilette. Elle était figée dans une sorte de spasme, de secousse horrible qui la défigurait. Je touchai sa main. Elle était dure et froide comme du métal. Les morceaux d'une tasse à thé jonchaient le parquet. Le bruit de ma respiration était pire qu'une offense. Je m'éloignai du corps, essuyai mon front à la manche moelleuse du pardessus. Poison. Je chuchotai le mot, pour me persuader qu'il n'y avait plus rien à tenter. Il n'y avait qu'à attendre le retour d'Hélène. Elle saurait, elle, ce qu'il convenait de faire. Je restai là, debout, les mains jointes, les yeux fixés sur la morte, dans un silence qui devait être celui du tombeau. Courageuse Agnès ! Elle avait choisi, sans hésiter, le bon parti. Et voilà que je m'en félicitais, tout bas. J'étais malade de douleur et je me sentais, en même temps, sur le chemin de la convalescence. Avec Hélène, je m'arrangerais toujours. Et d'abord, Hélène allait faire le nécessaire. Elle saurait me délivrer de la présence de ce corps, me mettre à l'abri. Ah ! pourvu qu'elle revienne vite ! Je bougeai les yeux : la photo n'était plus sur la table, mais il y avait, dans la cheminée, des papiers brûlés, des lettres, des feuilles de cahier ; Agnès n'avait rien voulu laisser du passé. Saisi d'une crainte qui me parut d'ailleurs vaine, je courus à la chambre d'Hélène, puis je visitai toutes les autres pièces, salons, salle à manger, cuisine... Non, Agnès n'avait rien écrit qui pût m'accuser. Je revins auprès du corps et, à ce moment, j'entendis la clef dans la serrure. La porte se referma. J'appelai, en retenant ma voix :

« Hélène !... venez !... »

Je m'écartai. Elle vit Agnès, avant même d'avoir franchi le seuil et son regard chercha le mien.

« Elle est morte, murmurai-je. Je viens juste de la trouver. »

Hélène fit les gestes que j'attendais d'elle. La tasse. Elle en ramassa les morceaux, les sentit, les reposa sur le plancher. Puis elle souleva la tête de sa sœur.

« Cela devait finir ainsi, dit-elle.

— Je suis sorti peu de temps après vous, expliquai-je rapidement. Je ne sais rien. C'est navrant ! »

Elle se releva, se déganta, les sourcils froncés.

« Vous allez partir, dit-elle. Tout de suite. Il ne faut pas qu'on vous voie ici... Attendez ! Francheville, c'est un peu près... Mais Saint-Didier, oui, ça peut aller... Je connais là-bas un petit hôtel, une auberge, plutôt, *Les Deux Marchands.* Vous direz au patron que vous venez de ma part. Il s'arrangera pour vous loger.

— Je ne connais pas la banlieue. C'est à peine si je sais me diriger dans Lyon. »

Elle fouilla dans son sac, sortit son carnet de leçons, en arracha une feuille.

« Vous êtes tout de même capable d'aller Place Bellecour ? »

Avec un minuscule porte-mine d'argent, elle esquissait un plan, marquait des croix.

« Vous changerez de tramway au Pont Mouton... »

J'étais sauvé. Comme je l'aimais, en ce moment !

« Vous avez compris ?

— Parfaitement. Mais je suis désolé de vous abandonner, Hélène.

— Je n'ai pas besoin de vous. Au contraire, vous me gêneriez. »

Elle se retourna vers le corps, soupira :

« Pauvre Agnès ! Elle n'a jamais beaucoup pensé aux autres. Qu'est-ce qui a bien pu lui passer par la tête ?

— Vous n'appelez pas un médecin ? demandai-je.

— Si. Le docteur Landais l'a déjà soignée, il y a sept ans, au moment de sa première tentative... Il m'avait prévenue qu'elle recommencerait. Il ne sera pas surpris. Avec lui, je suis bien tranquille. C'est le curé qui m'inquiète.

— Le curé ?

— Oui. Il refusera la cérémonie religieuse. Et si Agnès a un enterrement civil... »

Pour la première fois, Hélène parut touchée profondément.

« On nous tournait déjà le dos », acheva-t-elle.

Je cherchai sa main, la serrai avec élan.

« Je suis là, Hélène.

— Vous voudrez quand même m'épouser ? fit-elle, d'une voix qui tremblait un peu.

— Cette question ! » dis-je, en m'efforçant d'être bourru.

J'ajoutai aussitôt, pour changer de sujet :

« Est-ce qu'il ne faut pas prévenir le commissaire de police, quand quelqu'un se suicide ?

— Si. Mais le commissaire était l'ami de mon père. Il venait souvent dîner à la maison, autrefois. C'est un homme compréhensif et discret... Dépêchez-vous, Bernard.

— Une question encore. Il voudra savoir comment Agnès s'est procuré le poison ? »

Hélène me regarda d'un air surpris.

« Comment elle s'est procuré le poison ? Avec tous ces gens qui venaient la consulter ! Des détraqués ! Des demi-fous ! Il n'aura pas de peine à comprendre. C'est assez clair. »

Elle me poussa par les épaules.

« Venez ! Si je ne vous aide pas, vous serez encore là ce soir... »

Nous passâmes dans ma chambre. Hélène se mit à plier et à ranger dans la valise les vêtements et le linge que je sortais de l'armoire. Elle était merveilleusement adroite, pensait à tout. Elle me donna des tickets de ravitaillement, m'indiqua les lettres que l'hôtelier ne devait pas prélever. Elle me surveilla, tandis que j'enroulais un cache-nez autour de mon cou.

« Ne vous égarez pas, Bernard !

— Non. J'ai votre plan dans ma poche. Je dois changer deux fois de tramway. »

Nous étions comme un vieux ménage. Le dernier obstacle, entre nous, avait disparu. Avant d'ouvrir la porte du palier, elle me tendit ses lèvres, simplement. Je l'embrassai.

« Bonne chance, Bernard.

— Bon courage, Hélène.

— N'oubliez pas... *Les Deux Marchands...* Le patron s'appelle Désiré... Désiré Landreau. »

Je descendis les premières marches. Elle se pencha sur la rampe.

« Je vous rejoindrai... quand tout sera fini... »

Elle rentra pour téléphoner. Traînant ma valise, j'atteignis la rue et le sentiment de ma solitude me frappa comme un coup. Je tâtai le plan, fis craquer le cuir de mon portefeuille. J'étais assuré d'un refuge. Je ne manquais pas d'argent. Et pourtant, j'étais comme un enfant perdu. Je savais que j'allais compter les jours, guetter la route par où elle viendrait, me ronger d'inquiétude, dans cette auberge inconnue, tant qu'elle ne serait pas près de moi, avec moi, entre le monde et moi. Je ne l'aimais pas. Peut-être même la craignais-je un peu. Mais déjà je l'attendais. J'avais peur de rater le tram, au Pont Mouton, de ne pas trouver Désiré Landreau. J'avais peur de cette nuit où je m'enfonçais comme un émigrant. J'avais besoin d'une main serrée autour de la mienne.

CHAPITRE XI

Nous sommes mariés. Je ne suis pas malheureux. Je serais même très heureux si ma santé était meilleure. Nous avons loué une petite maison meublée, au bord de la Saône. Elle est entourée d'arbres. Des marronniers. Les marrons brillent, tout neufs, dans leurs coques éclatées. Les feuilles rouges, brûlées, tombent lentement sur les pelouses, et, à travers les branches qui se dénudent, on aperçoit le fleuve, les fumées de la ville, des vitres qui retiennent le soleil, le soir, sur les collines voisines. Après le déjeuner, quand il fait beau, Hélène m'installe sur la terrasse. Je ne suis pas malade, à proprement parler. Je suis seulement très fatigué. Le médecin est venu, à plusieurs reprises ; un vieux médecin de campagne, un peu sourd, sans illusion, et qui hausse les épaules quand je lui demande ce que j'ai. « L'usure, dit-il... La captivité vous a usés, tous... Vous, c'est l'estomac. Un autre, c'est le cœur, ou le foie... Mais, au fond, c'est toujours la même maladie... Reposez-vous ! » Ma femme le reconduit. Je les entends qui chuchotent. Hélène sourit, quand elle revient près de moi. Elle me caresse les cheveux.

« Tu vois bien, mon chéri, que tu as tort de t'inquiéter. »

En quoi elle se trompe. Je ne m'inquiète pas. Je suis, au contraire, paisible, délivré. Je n'ai jamais connu un tel calme. Je sommeille, dans ma chaise longue. Ou bien, entre mes cils, je regarde passer les nuages, planer les feuilles. Parfois, des avions bourdonnent, à l'horizon. La guerre continue, pour les autres. Pour moi, elle est finie. La vie traquée d'autrefois est finie. Elle s'est achevée le soir où je suis arrivé aux *Deux Marchands.* Il y a très longtemps, huit mois. Hélène m'a bien raconté tout ce qui s'était passé, après mon départ. Je ne l'ai pas écoutée. Je n'ai jamais voulu le savoir. Cela ne m'intéressait plus. Seule comptait la présence d'Hélène. C'est elle qui a découvert la maison. C'est elle qui a fait les démarches pour le bail, puis pour le mariage, pour tout. J'ai signé des tas de papiers. Tout cela n'a plus aucune importance. Je regarde passer les nuages, les images, les souvenirs. Je sommeille. Je compose d'admirables chansons que j'oublie aussitôt. Le temps n'a plus de poids. Hélène s'assied, à côté de moi. Elle tricote. Elle écarte les mouches de mon visage.

« Qu'est-ce que tu mangeras, ce soir, Bernard ?

— Ce que tu voudras.

— Un peu de bouillon. Un œuf au plat. Une purée de pommes de terre.

— Ce sera parfait. »

Au début, j'éprouvais des scrupules. Mais je sus tout de suite qu'en dépit de sa bonne volonté elle ne comprendrait jamais rien à l'amour physique. De la femme, elle n'a que les mains attentives, faites pour les gestes tendres, pour les soins, pour la consolation. Je les guette, ces mains, je les appelle silencieusement. Je voudrais les sentir continuellement sur moi, devenir semblable à un enfant pour me livrer à elles, être lavé, être nourri par elles. Moi non plus, au fond, je n'aime pas l'amour. Je suis demeuré un petit garçon peureux, égoïste, vaguement orphelin. Avec Hélène, je ne suis plus seul. Sa robe fait, autour de moi, un bruit familier dont je ne pourrais plus me passer. Nous causons un peu. Elle n'est pas très intelligente ; sa culture est sommaire et conventionnelle. Elle a été « bien » élevée. C'est tout dire ! Elle se croit bonne musicienne parce qu'elle sait taper en mesure sur les touches. C'est la seule chose qui m'agace en elle. Elle serait parfaite si elle se contentait de rayonner doucement sa lumière comme une lampe de chevet. Mais je ne désespère pas de la former. Il y a un piano, dans la maison. Un vieux piano caverneux qui déraille complètement dans les notes graves. Le soir, elle joue pour moi. Je prends place sur le canapé aux ressorts épuisés. Tout est vieux, ici, dépareillé, touchant. Mais les pièces ont de la noblesse, de l'ampleur, et les peintures fanées ne manquent pas de grâce. Je bois mon infusion. Il est rare que je ne sente pas une brûlure sourde, au ventre. La camomille très sucrée m'endort, en général. J'allonge les jambes. J'appuie ma tête à une courbe du dossier ; je vois Hélène de dos, éclairée par les appliques du piano. Elle aime Chopin, hélas ! Elle joue avec raideur.

« Laisse-toi aller, lui dis-je.

— Tu n'y entends rien, me répond-elle.

— Mais si. Un peu de chaleur, de joie...

— Chopin est triste.

— Pas toujours, ma chérie, pas toujours.

— Qu'est-ce que tu en sais ?

— Il me semble. »

Je me lève, quand la tentation est trop forte. Mais je garde mes mains dans mes poches.

« Recommence. Pour me faire plaisir... Ne t'occupe pas tant de la mesure. Imagine-toi que tu es dans l'eau. Tu flottes, tu es soulevée par la vague... »

Ça y est ! Du bout des doigts, dans le vide, j'esquisse la forme de la musique. Elle s'arrête.

« Tu devrais t'y remettre, Bernard. Je t'aiderais. »

Je retourne à mon canapé. Je bois une gorgée d'infusion.

« Continue, dis-je. Ne t'occupe pas de moi. »

Elle recommence, à demi tournée pour voir si je suis satisfait. Machinalement, je hoche la tête. La douleur est là, sous ma main. Elle persiste, avec de brèves irradiations dans le flanc. Cela ne fait pas très mal. C'est comme un grignotement de taret. Hélène s'interrompt.

« Tu souffres ?

— Un peu. »

Elle vient s'asseoir près de moi, entoure mes épaules de son bras. J'appuie ma tête sur la sienne.

« Cela m'ennuie, mon chéri, de te voir dans cet état.

— Oh ! ce n'est rien. Je suis sûr que ça ira mieux quand nous aurons du vrai pain, du vrai sucre, du vrai café... »

Je n'insiste pas, parce que nous avions tout cela, quand Agnès vivait. Maintenant, nous sommes au régime commun, celui de l'ersatz. Hélène remue la cuiller dans la tasse et ce bruit est d'une incroyable douceur. Une sorte de lassitude ravie me prend à la nuque. Je me tasse contre Hélène. Sa respiration me soulève légèrement. Je me fonds dans sa chaleur.

« Tu vois, ça passe, murmure-t-elle. Bois, mon petit Bernard. »

Elle approche la cuiller de mes lèvres et je bois, les yeux fermés. Le métal tinte contre mes dents et j'ai envie de rire, sans savoir pourquoi. Nous sommes tous les deux, au cœur de la maison qui sommeille. Une femme me parle tout bas. Quelquefois, un meuble craque et le piano bourdonne en écho, imperceptiblement. Ne plus remuer ! Nous restons longtemps, immobiles, Hélène est d'une patience infinie. Enfin, elle m'aide à monter dans notre chambre, à me déshabiller, à me coucher.

« Es-tu bien ? As-tu besoin de quelque chose ? »

Elle arrange l'oreiller ; ses mains se promènent un instant autour de mon visage ; puis je l'entends qui fait sa toilette ; chaque bruit est riche et rassurant. Je suis presque endormi quand le poids de son corps creuse, le long de moi, un ruisseau de chair douce que je caresse du pouce avant de sombrer. Mes matinées sont bonnes. Je suis de nouveau vigoureux. Je me promène au jardin. Je lis un peu, dans le salon en forme de rotonde, d'où je vois la coulée du fleuve. Hélène entrouvre la porte :

« Est-ce que tu te sens bien ?

— Oui.

— Je peux aller faire mes courses ?

— Mais oui. »

Le bourg est tout près. Mais Hélène passe un manteau, met un chapeau. Cela ne m'agace plus. L'essentiel est qu'elle revienne vite. Nous déjeunons à la mode d'autrefois, sur une petite table que nous plantons n'importe où, au gré de notre fantaisie, souvent sur la terrasse, pour jouir des derniers soleils. Hélène s'ingénie à rendre appétissantes les pauvres nourritures qui nous sont allouées. Elle me rapporte les nouvelles qui se murmurent, chez l'épicier ou le boucher, tandis que je commence à manger, avec précaution, pour ne pas déranger le mal qui sommeille. Je redoute l'heure qui va venir. Hélène aussi, bien qu'elle affecte un enjouement plein d'optimisme. Elle me surveille, tout en lavant la vaisselle. J'attends ; c'est cette attente qui me délabre et me ruine. Souvent, il ne se passe rien et je suis émerveillé quand quatre heures sonnent ; je n'ai pas souffert ; je suis guéri. Le répit dure, s'affirme. Je me laisse aller à bavarder et même à rire. Et puis, soudain, je sens que la crise approche : ma bouche se dessèche, une nausée me tord et la douleur s'installe, en un point précis que je peux couvrir, du bout des doigts. Tantôt, c'est un petit feu, une sorte d'incandescence qui m'embrase quand je veux respirer à fond, tantôt, c'est un pincement, ou plutôt une démangeaison qui m'irrite à fleur de peau. J'ai froid. La fièvre galope un moment dans mes veines. Quand elle s'en va, je suis las à mourir. Hélène s'effraie, je le vois bien. Elle passe en revue ce que nous avons mangé, incrimine le vin, soupçonne la saccharine.

« Laisse, dis-je. Tu n'y es pour rien. »

Je suis à peu près certain d'avoir un ulcère. A mon âge, ce n'est pas tellement grave.

« Veux-tu que nous allions consulter un spécialiste ? » propose Hélène.

Mais je suis si bien, loin de la ville. Là-bas, d'après les bruits qui courent, la vie devient de plus en plus difficile. Les arrestations se multiplient. Le danger est partout. J'aime mieux patienter. Je me bourre de charbon. Il sera toujours temps, si mon mal s'aggrave, de faire un saut jusqu'à Lyon. Il y a aussi une raison qui me retient. Nous n'avons pas, actuellement, les moyens de payer des soins coûteux. Certes, je serai riche, très riche, quand la succession de l'oncle Charles aura été liquidée. Mais cela demande du temps. Pour le moment, la colonie appartient à un monde et la métropole à un autre. Un rideau de fer les sépare. Nos ressources proviennent d'une hypothèque prise sur la maison de Lyon. C'est Hélène qui me fait vivre. Je ne veux pas abuser. D'ailleurs, la guerre va finir. Au printemps prochain, nous serons délivrés. Je tiendrai bien jusque-là. Je sens que je guérirai, dès que le ravitaillement sera convenable, dès que je pourrai m'éloigner de cette région et des souvenirs qui s'y rattachent. Car ils nous tiennent encore, ces souvenirs. Nous n'y faisons jamais allusion. Agnès n'a jamais existé, c'est entendu. Julia non plus. Mais il y a, entre Hélène et moi, certains silences qui ne sont pas de plénitude et de bonheur. Nous les chassons vite. Nous parlons de l'avenir. Hélène désire voyager. Elle rêve encore, comme une petite fille, de l'Italie et de la Grèce. Elle veut découvrir Paris qu'elle connaît à peine. Je lui décris les théâtres, les cafés, mais ce qui l'intéresse surtout, c'est l'Arc de Triomphe et la tour Eiffel. Nous ne sommes pas d'accord sur ce que nous ferons ensuite. Moi, je souhaiterais de m'installer à Nice ou à Menton. Elle, songe à revenir à Lyon, à renouer avec les familles chez qui elle était reçue, du vivant de son père. Elle se garde d'insister. Je débrouille tout cela comme je peux, en rapprochant des mots, des phrases. Nous nous préparons, à coup sûr, bien des querelles . Je me demande, quelquefois, si je ne serai pas obligé, plus tard, le plus tard possible, de lui révéler la vérité, car je n'ai pas l'intention de renoncer à ma carrière, simplement pour lui permettre d'étonner ses anciens amis. Mais il importe de vivre, d'abord, d'arracher de moi cette brûlure qui consume le meilleur de mes forces. Je m'applique à guérir. J'y parviendrai, je me le jure. Hélène me conseille de sortir un peu et il m'arrive, quand je ne suis pas trop fatigué, de me hasarder hors de la propriété, en m'appuyant sur son bras. La campagne est charmante mais je me sens tout de suite mal à l'aise. J'ai peur d'être vu. Il me semble que je suis en danger. Nous ne tardons pas à rentrer et je retrouve ma chaise longue avec soulagement. J'admire l'égalité d'humeur d'Hélène. Elle se plie à tous mes caprices. Malgré son inquiétude, elle affiche une confiance que je finis par éprouver. Elle est vraiment une bonne marraine !

« Quelle chance, lui dis-je un jour, de t'avoir rencontrée, toi, et pas une autre ! »

Elle sourit sans répondre, pose la main sur mon épaule.

« Est-ce que tu es heureuse, Hélène ? Franchement ?... Ce n'est pas très gai de soigner un malade.

— Mais tu n'es pas malade, mon chéri... Cesse donc de te poser toujours des questions ! »

Elle croise ses doigts sur mes yeux, comme un bandeau, pour m'empêcher sans doute de voir plus avant et je ne m'interroge plus. Je glisse dans une sorte d'inconscience pleine de charme. A peine si je l'entends murmurer :

« Ton infusion, Bernard... Elle va être froide. »

Je bois, avec une légère grimace qu'elle surprend aussitôt, car rien ne lui échappe.

« Veux-tu un peu plus de sucre ?

— S'il te plaît. C'est amer, cette camomille ! »

Ainsi, les soirs s'enchaînent aux matins et les matins aux soirs. L'automne promène sur les pelouses sa lumière déclinante. Je lutte de mon mieux, le poing au flanc. Quand je me regarde dans un miroir, je vois une figure osseuse, toute en pommettes. La peau de mes mains jaunit, comme les feuilles, devient sèche et craquante. De combien ai-je maigri ? Pour remonter la pente, il me faudrait manger beaucoup et la moindre nourriture s'attarde en moi comme un caillou, me dévore comme un acide. Comment rompre le cercle ? L'idée me vient, peu à peu, que j'aurai du mal à me remettre, que je ne me remettrai peut-être pas. Ce n'est qu'une idée. Je l'examine avec curiosité et détachement. Mourir ?... Non, je ne ressens aucune révolte. Mais, à vrai dire, l'idée me semble un peu folle. Pourquoi mourrais-je ? Ce n'est tout de même pas parce que j'ai des aigreurs d'estomac que... Et puis, à mon insu, l'idée chemine. Elle s'éveille avant moi ; elle s'endort longtemps après que mes yeux sont fermés. Elle s'organise et se fortifie en quelque coin secret de mon esprit. Peu à peu, j'apprends que c'est bien *moi* qui suis menacé. Ma mort a commencé. Elle est en route. Elle vient. Brusquement, je vois que je ne puis plus guérir. Je traverse des crises de lucidité qui me brisent autant que les spasmes de mes entrailles. C'est impossible ! Je n'ai pas lutté pendant tant d'années, je n'ai pas enduré tant d'épreuves pour venir agoniser misérablement dans cette banlieue perdue. Je me tourne, dans mon lit, ou bien je m'agite, sur ma chaise longue.

« Qu'est-ce que tu as ? demande Hélène.

— Rien, rien... »

Elle essuie mon front couvert de sueur. Je la remercie d'un serrement de main. Elle est là ! Il ne peut rien m'arriver. Elle est trop soigneuse. Jamais elle ne laisserait la mort entrer dans cette maison. C'est sale, la mort. Si Hélène n'était pas sortie. Agnès ne serait pas morte.

« Ne me laisse pas !

— Mais non, mon chéri. Tu vois bien. Je ne bouge pas. Tu étais plus raisonnable, ces derniers temps ! »

Ah ! ils sont loin les temps derniers ! Ma tranquillité s'est enfuie. Si je m'écoutais, j'appellerais le médecin tous les jours. Il passe me voir, de temps en temps, il m'ausculte, il secoue la tête.

« On ne fait pas du neuf avec du vieux, prononce-t-il sentencieusement.

— Enfin, dites-le. Est-ce que je suis fichu ?

— Diable non. Mais vous payez des mois de mauvaise hygiène alimentaire ! »

Les rutabagas, les tartines de margarine, les bouts

de carne dérobés aux cuisines. Il appelle cela une mauvaise hygiène ! Je soupire.

« C'est bon, docteur.

— Même traitement, conclut-il en partant. A la longue, tout s'arrangera ! »

N'empêche que j'ai maintenant des vomissements qui me laissent anéanti, la bouche pleine de fiel, la langue enflammée.

« Veux-tu que nous rentrions à Lyon ? » propose Hélène.

Mais elle sait bien que je ne consentirai jamais à revenir dans la maison hantée de souvenirs. Les pluies d'automne ont commencé, les longues pluies qui fument, sur la Saône, et emplissent le jardin de rumeurs et de souffles. Encore une fois, je suis prisonnier, derrière les grilles de la pluie. Je la regarde tomber. Je marche, de pièce en pièce, pour vaincre l'espèce de torpeur désolée où je m'enlise, après chaque crise. Hélène me suit des yeux.

« Ne te fatigue pas, mon chéri. »

Pauvre Hélène ! Quelle vie je lui fais mener. J'ai honte de tricher, avec elle. Avant d'être malade, je considérais comme impensable de lui raconter mon histoire. Mon secret, maintenant, devient lourd à porter. Elle m'aime ! On ne méprise pas qui l'on aime. Et surtout on ne méprise pas qui va mourir. Ah ! que je déteste ces moments d'attendrissement malsain ! Je n'ai jamais eu pitié de moi. Si je dois mourir, du moins que je sache me taire. Mais comment lutter contre l'idée fixe, quand on a pour seule occupation d'aller d'une fenêtre à l'autre, d'une chambre à l'autre, de s'épier dans les glaces, de surveiller sa température ! Est-ce que la vérité ne nous rapprocherait pas davantage ? Car il subsiste, entre nous, comme une petite épaisseur de brouillard. Pourquoi, d'un commun accord, évitons-nous certains sujets ? Ce n'est pas moi, d'ailleurs, qui les évite. C'est elle. On dirait qu'elle a toujours senti, en moi, des zones interdites. Sa discrétion, que j'appréciais tellement, autrefois, commence à m'irriter. Il me semble qu'elle devrait m'aimer mieux, plus totalement, et jusque dans mes fautes. Elle me donne quoi ? L'attention d'une infirmière... Elle me soigne avec un extraordinaire dévouement. Il y a des moments où le dévouement est pénible à supporter. Je n'ai pas besoin de dévouement. Je veux être soigné pour moi-même. Est-ce qu'elle serait aussi bonne, si elle savait ?...

J'essaie de lutter contre cette tentation imprévue et morbide. Pourquoi risquer une expérience qui ne peut que nous faire du mal, à tous deux ? Mais il m'est impossible de modifier la pente de mes rêveries. Je ne mange presque plus et le jeûne prête à ma pensée une acuité, une profondeur qui m'épouvantent et me fascinent. Je n'ai plus le temps de m'ennuyer. Je me regarde. Je nous regarde... Il est évident que j'ai besoin de pardon. Ces mains apaisantes sur mon front, ce n'est pas rien, certes ! Mais cela ne suffit pas. Elles doivent calmer une autre fièvre, beaucoup plus intérieure et peut-être inguérissable. Qui me donnera quitus, de tout, avant que je ne disparaisse ? Donc, il faut que je parle. Mais une timidité aussi vieille que moi me retient. Si j'avais été capable de parler de moi à celles qui m'ont aimé, peut-être aurais-je moins pensé à moi. Peut-être mon cœur ne serait-il pas devenu cette grosse varice pleine d'un sang noir et vénéneux ? Parler ! Mais quand ? Hélène est soucieuse.

« Qu'est-ce qui te tracasse, mon petit Bernard ? »

Comment pourrait-elle soupçonner que je supporte mal d'être appelé ainsi ? Et comment lui dire : « Je ne suis pas Bernard ! » Je me traîne, de plus en plus mal à l'aise dans ma peau. Je grogne. Je trouve la viande dure, les légumes sans goût, le café détestable. Elle sourit toujours, et ce sourire m'exaspère. Si elle savait, est-ce qu'elle aurait encore le courage de sourire ? Je tourne autour d'elle. Je suis comme le gamin qui a envie de casser son jouet.

« Hélène !

— Oui ? »

Impossible, décidément. Ma gorge se bloque. J'étouffe... Alors je glisse mes pieds dans de gros sabots et je sors sous la pluie, j'erre dans les allées spongieuses où les feuilles se transforment en terreau. La ville grande, au fond du brouillard. La maison est noire d'humidité. Un rideau bouge au rez-de-chaussée. Hélène, inquiète, ne me perd pas de vue. Je promène mon mal, je l'amuse, je le distrais, j'essaie de l'endormir. En même temps, je prépare des phrases, j'invente des aveux pas trop déshonorants. Je me jure de parler, quand nous nous mettrons à table, ou bien un peu plus tard, quand elle m'aidera à monter dans la chambre, pour la sieste. Je vis d'avance la scène qui suivra : elle m'embrassera. Elle me dira : « Ça ne fait rien, mon chéri. Peu importe ton nom. Puisque je t'aime. » Et au fond, c'est vrai ! Qu'importe le nom ? Alors pourquoi parler ?

Elle ouvre la fenêtre.

« Bernard ! Rentre ! Tu vas prendre froid ! »

Exactement comme ma mère, jadis ! Et je reviens, furieux, avec mon point de côté qui darde son feu sourd. Et puis, un jour, je ne sais comment, l'inspiration me visite. Je m'assieds au piano. Quelques gammes, pour déraidir ces doigts qui chôment depuis si longtemps. Et, tout de suite, une valse de Chopin. Hélène fait le ménage, en haut, dans la chambre. Ses pas s'arrêtent aux premières notes. Mes doigts courent. J'ai beaucoup perdu mais je sais encore marquer les valeurs, donner vie à cette musique gracieuse, qui unit d'une manière si émouvante la fougue, la rêverie, le renoncement. Je suis pris; j'oublie le reste. De l'instrument fourbu, je tire un monologue passionné où s'expriment successivement mes raisons de vivre et de mourir. J'oublie que j'ai mal. Je joue avec avidité, gourmandise, frénésie, désespoir. Je suis ailleurs, dans ma vraie patrie. Mes mains volent, devant moi. Un frisson s'installe dans ma nuque. Un nocturne, maintenant. J'aime moins cette tristesse à fleur d'âme, mais c'est tellement facile ! Cela coule, comme un clair de lune. Et, pour finir, car je n'en puis plus, une polonaise virile, pensive, une sorte de marche à l'étoile, avec des yeux un peu hagards de voyant. Voilà comment il faut aller au-devant de son destin. Je plaque les derniers accords et mes mains brûlantes retombent le long de mon corps. Dieu, que je viens d'être heureux !

Hélène est là. Je la découvre tout près de moi quand je relève la tête. Elle est pâle et respire vite.

« Bernard ! murmure-t-elle, je n'oserai plus jouer... »

Elle semble maîtriser je ne sais quelle colère. Je m'attendais à recevoir des compliments; je pensais qu'elle allait s'écrier : « Qui es-tu donc, mon chéri ? » Alors, j'aurais parlé. Mais non. Elle me regarde avec une sorte de fureur contenue, comme si je lui avais volé quelque chose de très précieux.

« Comme tu as dû te moquer de moi », reprend-elle.

Je fais un geste vague. L'effort m'a épuisé et la douleur me pince, de plus en plus fort.

« Pourquoi, continue-t-elle, ne m'as-tu jamais écrit que tu avais ce don ? »

Ce n'est pas possible ! Elle ment. Elle entretient exprès l'équivoque. Est-ce que Bernard, le brave

Bernard qui vendait des planches, aurait su jouer comme moi !

« Viens te reposer, mon chéri, dit-elle. Si j'avais su... Mais tu es tellement cachottier. Pour un amateur, tu es extraordinaire, tu sais ! »

Elle m'aide à me lever. J'ai envie de rire, de crier, de la gifler. Un amateur ! Elle est tout à fait stupide. Moi, l'élève d'Yves Nat, un amateur ! Elle ne veut pas comprendre. Elle refuse de reconnaître que je ne suis pas Bernard. Peut-être est-elle épouvantée ? Découvrir tout d'un coup qu'on est liée à un inconnu... Je m'appuie sur son bras et me traîne jusqu'au canapé. J'ai pitié d'elle, maintenant. Mais je me sens trop las pour me lancer dans des explications difficiles...

« Ta potion, mon chéri. »

La ronde des soins recommence. Elle me tend la cuiller, puis enfonce un oreiller derrière mon dos. Elle me gronde.

« Tu vois dans quel état tu t'es mis, mon pauvre Bernard. Et tout cela pour me prouver que tu as été un bon pianiste ! »

Je garde le silence, obstinément. Je devine trop bien qu'elle cherche à me donner le change. Et cette imperceptible dureté, dans sa voix ! Comme nous sommes loin, brusquement, l'un de l'autre. Comme je regrette d'avoir cédé à un mouvement où il entrait sans doute beaucoup de vanité. Je n'ose tendre la main vers elle. Pourtant, un reste d'amitié pourrait peut-être encore... Mais non. Il est trop tard. Et puisqu'elle se dérobe devant la vérité, c'est à moi qu'il appartient de lui ouvrir les yeux, de force. Je dois aller jusqu'au bout. La contrainte qui vient de surgir entre nous est pire que tout ce que j'avais craint. Il faut qu'elle sache et qu'elle me juge, clairement, sans détour.

« As-tu encore besoin de quelque chose? demande-t-elle. Est-ce que je peux sortir?

— Ça va... Je t'attendrai bien tranquillement. »

Nous nous efforçons de sourire, ensemble. C'est pitoyable. Je ferme les yeux. La potion ne me soulage pas. Je masse mon flanc, à travers l'étoffe du veston. J'écoute les pas, dans la maison. Ils s'éloignent vers le jardin. Je suis seul. J'ai tout le temps de me poser de nouvelles questions, de me tourmenter, de me déchirer. J'ai perdu Hélène. Ou du moins je vais la perdre si je ne fais rien, si je laisse aller les choses.

Je quitte le canapé et, m'appuyant au mur, entre dans le bureau d'Hélène. Je viens rarement ici. C'est son coin, sa retraite. Elle y a réuni les quelques meubles qu'elle a ramenés de Lyon, une petite bibliothèque, des vitrines, son secrétaire. Puisque je n'ai pas le courage de parler, je vais écrire. Juste quelques mots : *Je ne suis pas Bernard. Je suis Gervais. Je n'ai pas voulu te tromper. Ce sont les circonstances qui...* Bref, un résumé des événements. Ensuite, paisiblement, nous pourrons discuter. Le dialogue s'établira de lui-même.

J'ouvre le secrétaire, cherche une feuille de papier à lettres. Où met-elle son papier à lettres? Si elle me surprenait en train de fouiller ses affaires, je sais qu'elle serait furieuse. Le tiroir de droite résiste. Le bois a joué à cause de l'humidité. Je tire violemment. Il vient d'un coup, si vite qu'il sort de son logement et me reste dans la main. Il ne contient que des factures, des paperasses sans intérêt. Je le remets en place, le pousse. Il bute sur quelque chose. Je passe la main. Il y a, tout au fond de la cavité, des papiers réunis en liasse. Mes doigts ramènent un mince carton, que la secousse imprimée au tiroir a dû détacher. Une photographie. Elle est craquelée, jaunie, avec un coin cassé... Je l'élève vers le jour. C'est Bernard qui semble me regarder d'un air narquois ! C'est la photo laissée dans la chambre d'Agnès !...

La douleur me courbe sur le panneau rabattu du secrétaire. Une nausée me tord la poitrine. Je vais m'évanouir. Je sens le plancher qui tangue. Je m'accroche de toutes mes forces au panneau pour ne pas couler à pic dans l'inconscience. Il ne faut pas... Elle va revenir... Je respire à grandes goulées sifflantes. Le voile se dissipe un peu. Je revois le mur, la pièce. Il n'y a personne derrière moi. Mais, sous mes yeux, il y a Bernard. Et je n'ose comprendre...

La porte du jardin s'ouvre. Vivement, je remets la photo à sa place, referme le secrétaire et reviens dans le salon. Je m'approche de la fenêtre et feins d'observer la pluie, le ciel gris, les arbres noirs. Hélène entre.

« C'est comme cela que tu te reposes ? Voyons, Bernard, je t'en prie. Sois gentil. Tu sais ce que le docteur a dit... »

Elle vient me chercher, m'entraîne doucement vers le canapé. Son visage encore mouillé s'appuie contre le mien. Elle me caresse doucement la nuque et je me détends, j'ai brusquement envie de pleurer, sur son épaule.

« Bernard, murmure-t-elle, mon petit Bernard. »

CHAPITRE XII

Je viens d'être durement secoué par une nouvelle crise. Je suis obligé de garder la chambre. Si je m'agite, si je me lève, Hélène survient aussitôt. Plus moyen de descendre, d'ouvrir le secrétaire pour dénouer le paquet dissimulé derrière le tiroir. Il le faut, pourtant. Il le faut. Je me débats dans un mystère trop horrible.

Les pensées m'épuisent plus que le mal qui me grignote. Je souffre, cependant. Il me semble que j'abrite une flamme sous mes côtes. Mais qu'est-ce que je cache dans mon esprit ? Quel soupçon terrifiant ? Je m'éveille parfois, en sursaut, et je me dis : Elle sait ! Et puis je corrige aussitôt, et c'est beaucoup plus affreux. Je me dis : Elle savait !... Elle savait tout, avant de m'épouser. Voilà qui expliquerait notre mariage hâtif, presque clandestin, sans invitations, sans cérémonie, sans tapis, sans orgues. Je vois l'objection : il y avait notre deuil récent, et puis, c'est moi-même qui avais demandé... Malgré tout, ce mariage m'a laissé un souvenir pénible. Si elle savait, pourquoi s'est-elle tue ? Pourquoi a-t-elle préféré un inconnu sous le nom de Bernard Pradalié ?... Pour elle, je demeure Bernard, malgré l'évidence. L'expérience de l'autre jour n'a pas modifié son attitude.

Alors je m'égare dans un obscur labyrinthe de suppositions folles et d'hypothèses absurdes. J'écoute la pluie. Lâchement, j'écarte toutes ces questions qui me traquent et me harcèlent. Hélène marche, en bas. Je ne suis pas seul. J'ai, près de moi, cette compagne qui m'aide à lutter contre la maladie. Pourquoi demander davantage ? Une paix trompeuse m'engourdit un moment. Les bruits de la maison suffisent à me distraire, le fourneau gratté, les casseroles remuées, le coup de sonnette de l'homme qui vient me couper le bois. Bientôt sa scie grogne et geint, dans le bûcher.

J'attends qu'Hélène s'absente. Et, farouchement, je lutte. Potions, sirops, cachets, gouttes, j'absorbe tout avec une application tendue, et un désir de survivre que je retrouve, de loin en loin, un peu de mes forces. Je peux, de nouveau, faire quelques pas autour de la chambre. mais je me lève seulement quand elle est dans la buanderie ou dans le jardin. Je garde mes progrès pour moi. Ce n'est pas que je me méfie d'elle. Cependant, j'aime mieux qu'elle ne sache rien.

Elle m'a annoncé qu'elle devrait aller à Lyon, au sujet de l'immeuble hypothéqué. Et puis, elle veut absolument me procurer des chaussettes de laine. Je lis toujours, sur son visage, la même tendresse un peu soucieuse qui m'a tout de suite attiré. J'ai honte de mes soupçons. Tout s'expliquera un jour, facilement. Tout s'expliquerait peut-être sur-le-champ si je pouvais, les yeux dans les yeux, l'interroger, mais justement, je baisse les yeux devant elle. Et voici que je compte les jours en secret. Ils n'en finissent plus de passer et chacun me ravage un peu plus. Curieuse maladie, qui semble s'éloigner de moi quand je désespère, et qui m'abat au moment même où je crois remonter la pente ! J'en arrive à penser que ce sont mes nerfs qui sont touchés. Je deviens semblable à un vieillard tourmenté de tics, de manies, de rancunes, de regrets. Pauvre Hélène !

Avant de partir pour la ville, elle m'étourdit de recommandations. Oui, je me tiendrai tranquille. Oui, je prendrai du bouillon de légumes. Oui... oui... Tout bas, je souhaite qu'elle s'en aille le plus vite possible. J'en ai des sueurs d'impatience. Et quand je l'entends, dans l'escalier, dans le vestibule... dans le jardin, je me laisse aller, sur l'oreiller. Enfin ! Je n'ai même plus besoin de me presser. Je me lève. J'ai l'air d'un épouvantail dans ma robe de chambre qui flotte. Je descends, marche après marche. Un peu de vertige. Ça va passer. Je vais, d'un meuble à l'autre, comme si je traversais un gué, et c'est bien un murmure de fleuve, un bourdonnement de rapide, qui gronde dans ma tête. Je tire une chaise, devant le secrétaire, m'essuie le front. Je suis soudain si fatigué que ma curiosité se transforme en un morne désir d'aller jusqu'au bout de l'aventure. Ce que je découvrirai n'a plus d'importance !

Je sors le tiroir et ma main tâtonne, dans la cavité. Les lettres sont là. Je retire le mince paquet ficelé. Le nœud est lâche. Il se défait de lui-même. J'ouvre la première enveloppe. Ah !...

Agence Brûlard
Enquêtes. Filatures.
Discrétion assurée.

17 novembre 1939.

Confidentiel.

Madame,

Nous avons l'avantage de vous communiquer ci-dessous les résultats de l'enquête que vous avez bien voulu nous charger d'effectuer sur le compte de M. Bernard, Armand, Pradalié, domicilié à Saint-Flour (Cantal) et actuellement mobilisé.

L'intéressé, né le 22 octobre 1913, exploite depuis sa majorité une entreprise d'abattage de bois, ainsi qu'une scierie. Encore que marquant un léger ralentissement depuis quelques mois, ses affaires semblent prospères, et la valeur des deux entreprises peut se chiffrer aux environs d'un million. Sérieux, travailleur et honnête, M. Bernard Pradalié jouit dans toute la région d'une excellente réputation. On ne lui connaît aucune attache sentimentale.

Concernant la famille de M. Pradalié, nous vous signalons que celle-ci se réduit à deux personnes : une sœur, Julia, Albertine, son aînée de quatre ans, avec laquelle M. Pradalié aurait, suivant les renseignements recueillis sur place, rompu toutes relations, et un oncle maternel, Charles Métairat, qui a passé la plus grande partie de sa vie en A.O.F., où il réside encore actuellement.

Nous tenant à votre entière disposition pour effectuer un complément de recherches dans la direction que vous voudrez bien nous indiquer.

Nous vous prions de croire, Madame, à l'assurance de nos sentiments tout dévoués.

Mes yeux relisent l'en-tête :

Agence Brûlard
Enquêtes. Filatures.
Discrétion assurée. La date : *17 novembre 1939.*

Je n'arrive pas à extraire la seconde lettre de son enveloppe.

11 février 1940.

Confidentiel.

Madame,

En réponse à votre lettre du 20 novembre dernier, nous sommes heureux de vous communiquer les renseignements que nous avons réussi à nous procurer sur le compte de M. Charles, Robert, Métairat, oncle maternel de M. Bernard, Armand, Pradalié.

Etabli en Afrique Occidentale Française depuis près de cinquante ans, l'intéressé, actuellement domicilié à Abidjan (Côte-d'Ivoire) possède une importante exploitation forestière (bois d'ébénisterie et bois communs) et est, en outre, depuis 1936, le principal actionnaire et administrateur délégué d'une société anonyme ayant pour objet la distillation d'essences à parfums. Les affaires de M. Métairat étaient, à la veille de la guerre, étonnamment prospères. Son avoir personnel paraît pouvoir se chiffrer entre quinze et vingt millions de francs.

Durant quelque vingt ans, M. Métairat a vécu en concubinage avec une dame Mouraud (Louise, Thérèse), veuve d'un administrateur colonial, aujourd'hui décédée. De source officieuse, M. Métairat, dont l'état de santé inspire en ce moment d'assez vives inquiétudes, a fait de son neveu, Bernard, Armand, Pradalié, son légataire universel.

Toujours entièrement dévoués à vos ordres.

Nous vous prions d'agréer, Madame, l'assurance de notre considération distinguée.

La troisième lettre, quel coup va-t-elle me porter ?

6 mars 1941.

Confidentiel.

Madame,

Comme suite à votre demande de vous faire parvenir tous renseignements complémentaires que nous pourrions recueillir sur le compte de M. Charles, Robert, Métairat, nous vous faisons savoir que celui-ci est décédé le 9 décembre 1940, à Abidjan, à l'âge de soixante-treize ans.

Nous regrettons de n'avoir pu vous communiquer plus rapidement cette nouvelle, mais vous imaginerez aisément combien il nous est actuellement difficile d'effectuer des recherches dans les territoires d'outremer.

Nous vous renouvelons, Madame, l'assurance de nos sentiments tout dévoués.

Et cette lettre est du 6 mars 1941 ! Je suis au-delà de la peur, du dégoût, de la haine. Je suis déjà mort. Et pourtant, je sens brûler mes paupières comme si des larmes essayaient de s'y amasser. Je remets soigneusement les lettres dans les enveloppes ; malgré mes doigts qui tremblent, je refais le nœud. Le tiroir est refermé. Les choses sont exactement comme avant. Mais je chancelle en me redressant, car ma pensée, comme à la lueur de grands éclairs, aperçoit la vérité jusqu'au fond. Immobile, je tâche de réfléchir, de m'assurer que je ne me trompe pas. Mais je ne puis me tromper. Déjà, n'avais-je pas, peu à peu, entrevu ce qui, maintenant, me soulève le cœur ! Traînant mes chaussons, je vais boire un verre d'eau à la cuisine. Je reviens, j'hésite, je ne sais plus. Le silence, autour de moi, m'effraie. Personne ne peut plus me secourir. Je n'ai d'ailleurs plus besoin de délivrance, mais de vengeance. Et je vais me défendre, sans perdre une minute. Mais comment ? Vers qui me tourner ?

Je réfléchis longuement, écartant les objections à mesure qu'elles se présentent. Dans le tiroir de gauche, je finis par découvrir le papier à lettres, les enveloppes. En revanche, pas de porte-plume, pas d'encre. Mais un crayon fera l'affaire. J'hésite encore ; il me faudrait mes ressources intellectuelles d'autrefois pour condenser à l'extrême le récit que je médite. Tant pis !

Monsieur le Procureur,

Est-ce bien à lui que je dois m'adresser ? Mais, si je me laisse arrêter par des difficultés de ce genre, je n'achèverai jamais ma tâche. Et le temps presse, presse...

« *C'est un moribond qui vous écrit. Dans quelques jours, je serai mort, sans doute, empoisonné par ma femme. Je veux que vous connaissiez la vérité. Mon histoire est simple. Je m'appelle Gervais Laroche. Je suis né le 15 mai 1914, à Paris. Si vous enquêtez sur moi, vous trouverez facilement tous les détails utiles quand vous saurez que ma mère fut Madame Montano, l'actrice. J'en viens tout de suite à l'essentiel. J'ai été fait prisonnier en juin 40, avec mon camarade Bernard Pradalié, avec qui j'ai été transféré de stalag en stalag. Bernard possédait une scierie à Saint-Flour. Sur lui aussi, l'enquête sera facile à faire. Vous constaterez qu'il n'avait d'autre famille que sa sœur Julia (il était fâché avec elle et ne la voyait plus depuis longtemps) et un vieil oncle, Charles Métairat, établi à Abidjan. Cet oncle était fort riche, et Bernard devait hériter tous ses biens.* »

Je suis obligé de m'interrompre, tellement je souffre. Je vais boire un second verre d'eau. Je sens le liquide descendre au fond de ma poitrine à vif. Je sais maintenant que le soulagement sera bref, mais ce répit me permettra d'aller un peu plus loin. Pourvu que j'aie le temps de finir !

« ... *Or, au début de la guerre, Bernard, répondant à une annonce parue dans un journal, entra en correspondance avec Mademoiselle Hélène Madinier, habitant à Lyon, rue Bourgelat, et devint son filleul. J'ai acquis la preuve qu'Hélène ne s'était pas décidée au hasard, parmi les nombreuses demandes qu'avait dû lui valoir son annonce. Elle avait choisi Bernard en connaissance de cause. En effet, j'ai découvert, dans le secrétaire d'Hélène, trois lettres de l'agence Brûlard qui prouvent que cette agence enquêta sur Bernard Pradalié et fournit à sa cliente un état précis des ressources de mon ami et de ses espérances d'héritage...* »

Je commence à perdre le fil de mon histoire. Je ne trouve plus mes mots. Et pourquoi cette lettre ? Quelle chance a-t-elle de parvenir à son destinataire ? N'importe ! Il faut que je me donne l'illusion d'agir. Sinon, je n'ai plus qu'à m'ouvrir la gorge. Au moins, que je souffre pour quelque chose !

« ... *Pourquoi Hélène se proposait-elle d'épouser Bernard (car telle fut son intention dès qu'elle apprit qu'il serait très riche à bref délai), elle vous le dira elle-même, à condition que vous l'interrogiez longtemps. C'est une personne rusée et pleine de détours. Son père, devenu veuf, s'était remarié avec une femme qui l'avait ruiné. Je crois qu'Hélène ne lui pardonna jamais sa faiblesse. Creusez en ce sens. Vous découvrirez toute la vérité...*

« *Revenons à Bernard. Au début de cette année, il résolut de s'évader et m'emmena avec lui. Il avait l'intention de se cacher à Lyon, chez sa marraine. Je connaissais tout de lui, de sa vie, de ses projets, retenez bien ce détail, Monsieur le Procureur. L'évasion réussit. Nous arrivâmes à Lyon, en plein nuit, dans un train de marchandises. C'était à la fin de février ; j'ai oublié la date exacte. Nous nous perdîmes dans la gare de La Guillotière, et Bernard, surpris par un wagon en manœuvre, fut écrasé... »*

Le crayon me tombe des doigts. A quoi bon revivre ces événements ? Je triche abominablement en accusant Hélène seule. Est-ce que je ne suis pas aussi coupable qu'elle ? Est-ce que je ne devrais pas parler un peu de mon passé ? Est-ce que, si j'étais un homme, je n'accepterais pas de mourir correctement, sans révolte ? Je plie la feuille en quatre et cherche un endroit où la cacher. Dans le piano, qu'Hélène ne rouvrira jamais ! Plus tard, je reprendrai ma lettre... je ne sais pas. Je marche à travers les pièces du rez-de-chaussée, incertain, malheureux, incapable de me résigner. Bientôt je suis obligé de m'asseoir. Je suis si faible que l'air du jardin, de la route, me suffoquerait. Et je suis bien sûr qu'elle a fermé à clef la porte de la grille. Il est temps que je remonte me coucher, si je ne veux pas lui donner l'éveil. L'escalier m'achève. Je tombe sur mon lit. Mais je ne renonce pas. Jamais.

Elle est revenue, souriante. Elle m'embrasse

« On a été bien sage ? Devine ce que je t'apporte ? Des galettes.

— Merci... mais je n'ai pas grand-faim.

— Ça ne peut pas te faire de mal. Du lait, des œufs, de la farine. »

J'aime mieux me taire. Je serre les dents pour ne pas crier de détresse. Du lait, des œufs, et quoi encore ?

Elle me montre ses emplettes. Elle est d'un calme, d'une douceur terribles. Je la surveille, entre mes cils ; je ne cesserai plus de la surveiller. Mais, hélas ! je ne puis l'accompagner à la cuisine, voir ce que ses mains touchent, dosent. Déjà, elle prépare la petite table roulante, emporte le plateau. Je la retiens par le bras.

« Je t'en prie, dis-je. Ce matin, je n'ai pas envie de manger.

— Voyons, mon chéri, fais un effort. Tu dois te soutenir. »

Elle se dégage doucement et s'en va. J'entends battre les portes du placard, dans la cuisine. Elle charge le fourneau. Les casseroles résonnent. Elle élabore un peu de mort lente. Ça aussi, je l'expliquerai, avec tous les détails. Oui, je l'achèverai, cette lettre !

Et maintenant, elle me relève le buste avec des oreillers, pousse le plateau sur mes genoux.

« Le potage est un peu chaud. Je ne sais pas si tu le trouveras assez salé. Allons, mon petit Bernard... bois... pour me faire plaisir. »

Elle s'assied légèrement, au bord du lit, emplit la cuiller, et la douceur mortelle que je connais bien m'engourdit. J'ouvre la bouche. Le liquide n'a aucun goût suspect. Je le retiens, cependant, sur ma langue, avant de me décider à l'avaler. Et puis, d'un coup, je l'accepte. Je paie ! Je paie pour celles que j'ai laissé mourir.

« N'est-ce pas qu'il est bon ? demande Hélène.

— Il n'est pas mauvais. »

Après le bouillon, les nouilles.

« Elles sont amères, dis-je.

— Dieu sait avec quoi elles sont fabriquées », remarque Hélène, d'une voix unie.

Je mange ensuite un morceau de galette. Et je bois, je bois. J'ai toujours soif.

« Tes pilules, Bernard.

— Si tu veux.

— Comment, si je veux !

— Ça ne servira à rien.

— Qu'est-ce que tu me racontes ? Elles te font le

plus grand bien. Tu n'as pas mauvaise mine du tout, Bernard. »

Elle m'entoure le cou de son bras, pose sa joue sur mes cheveux. Nous restons silencieux, un long moment. Elle a beau me tuer jour après jour, je n'ai pas peur d'elle ; plus exactement, elle ne m'inspire aucune répulsion. Simplement, je suis l'obstacle, pour elle, comme Julia était l'obstacle, pour moi. Je ne compte pas. Elle ne m'assassine pas ; elle me supprime. Et je suis sûr qu'elle me plaint. Un violent hoquet me secoue. J'agonise, pendant un quart d'heure. Elle me tient les mains. Je me cramponne à elle. Et puis les spasmes s'apaisent et je glisse dans le sommeil. Dès que j'ouvre les yeux, elle est là, m'offrant un laitage. Dans trois heures au plus, ce sera le dîner. De nouveau, elle me forcera à manger. Personne ne pense à moi, nulle part. Je suis livré à cette femme hantée. O Dieu...

La porte du jardin s'est refermée. Vite ! Je dispose d'une demi-heure à peine et je suis un peu plus chancelant qu'hier, et demain je serai un peu plus faible qu'aujourd'hui. La crainte de ne pas terminer ma tâche me fait trembler les poignets. Je descends prudemment. Ma lettre n'a pas été découverte. Je m'installe dans le salon, sur un guéridon, pour gagner du temps. Je relis mon début et le découragement m'accable. Qui me croira ? On dira : c'est une lettre de fou ! Mais je n'ai pas le choix.

« ... *Je me rendis chez Hélène Madinier. Elle crut que j'étais Bernard et je n'eus pas la force de la détromper parce que j'étais à bout. Je vous jure, Monsieur le Procureur, que je dis la vérité. On ne songe pas à mentir quand on sent la fin si proche... Hélène avait une sœur, ou plutôt une demi-sœur, Agnès. Les deux femmes se détestaient, pour une foule de raisons que je n'ai pas le temps d'exposer. Sachez seulement qu'elles se jalousaient. Agnès avait réussi à dérober une lettre de Bernard contenant quelques photographies que mon ami adressait à sa marraine. Elle sut donc, dès mon arrivée, que je n'étais pas le vrai Bernard et elle résolut d'empêcher, par tous les moyens, Hélène de m'épouser. Voilà, monsieur le Procureur, comment le drame a commencé...* »

Déjà la crampe dans le poignet, dans l'épaule. Mon écriture tremble. Je me frictionne pour chasser ce froid qui rampe dans mes os. J'aurais voulu parler de Julia, mais, au fond, cet épisode n'intéresse pas la Justice. Je dois aller au plus pressé.

« *... Un jour, j'eus une violente discussion avec Agnès (qui était un peu ma maîtresse, je l'avoue. Tout cela est difficile à expliquer. Je n'ai pas l'intention de nier ma responsabilité, Monsieur le Procureur. Moi aussi, j'ai commis des fautes !) Bref, je sortis, furieux. Quand je revins, Agnès était morte, empoisonnée. Sa mort ressemblait tout à fait à un suicide. En effet, Hélène était partie faire des courses dès le début de l'après-midi et elle ne rentra qu'après moi. L'enquête fut une simple formalité. Agnès, on le savait, était une fille déséquilibrée. D'ailleurs, elle avait essayé de se suicider quelques années auparavant. Mais il vous faudra, Monsieur le Procureur, recommencer cette enquête parce que j'accuse formellement Hélène d'avoir tué sa sœur...* »

Les pas sur le gravier du jardin. Je glisse ma feuille sous le couvercle du piano, mais je n'ai pas le temps de remonter dans ma chambre.

« Qu'est-ce que tu fais là, Bernard ? »

Je rougirais, si j'avais encore assez de sang pour rougir.

« J'avais soif, dis-je.

— Tu as une carafe d'eau fraîche, en haut.

— J'ai voulu essayer mes forces.

— Tes forces !... Tes forces !... Tu tiens à peine debout ! »

L'irritation perce. Elle me pousse vers l'escalier d'une main ferme et je me sens bizarrement coupable.

« Ne te fâche pas, Hélène.

— Je ne me fâche pas, mais tu te conduis comme un enfant, mon pauvre Bernard. »

Je retrouve mon lit avec joie. Hélène, bientôt, me sourit et la journée s'achève lentement, comme les précédentes. Dans la soirée, je suis pris de vomissements qui me laissent inerte, vide, à demi inconscient.

« C'est fini, murmure-t-elle, je ne sortirai plus. On m'apportera les provisions.

— Ce n'est rien, dis-je. Une petite crise de rien du tout... Ne t'inquiète pas. »

Mais, le lendemain, elle reste près de moi et je n'ose lui conseiller d'aller à ses occupations. L'après-midi, je fais semblant de dormir. Elle tricote, près de moi. De temps en temps, elle tâte mes mains. Devine-t-elle que j'essaie de jouer au plus fin ? Je rends ma respiration un peu sifflante ; je prononce des mots vagues d'une voix chavirée. D'autres femmes, avant elle, ont épié mon sommeil et ont été abusées. Le cliquetis des aiguilles cesse, puis le parquet craque doucement. Un instant plus tard, j'entends grincer la grille. Alors, en pyjama, je me dépêche, mais je suis si las que je dois descendre l'escalier en m'asseyant de marche en marche. Les phrases sont prêtes, dans ma tête. Je les ai arrangées pendant qu'elle tricotait. A son insu, nous travaillons l'un et l'autre au même ouvrage.

« J'ai maintenant la certitude qu'Hélène est revenue pendant mon absence. En effet, une des photos de Bernard m'était tombée entre les mains. Ce fut d'ailleurs le point de départ de ma discussion avec Agnès. Quand je suis parti, cette photo était sur la table de sa

chambre. Or, à mon retour, elle n'y était plus. Je fus persuadé qu'Agnès l'avait brûlée. Pas du tout! C'est ma femme qui possède cette photo. Je le sais parce que je viens de la retrouver. Donc Hélène est revenue pendant mon absence ; Agnès lui a révélé qui j'étais et lui a fourni une preuve. Hélène n'avait-elle jamais soupçonné la vérité ? Avait-elle vraiment été dupe de ma supercherie ?... Je l'ignore. Comme j'ignore comment elle s'y prit pour empoisonner le thé de sa sœur. Ce qui est certain, c'est qu'elle était obligée de supprimer Agnès pour pouvoir m'épouser, moi. Moi, le faux Bernard. Moi, l'héritier de l'oncle Charles. Et maintenant qu'elle est ma femme, elle doit me supprimer à mon tour pour devenir Madame veuve Bernard Pradalié. Comprenez-vous, Monsieur le Procureur ? Parce que Madame veuve Pradalié peut réclamer l'héritage en toute sécurité. Légalement, il n'y a aucun doute, elle hérite. Moi vivant, elle court un trop gros risque : à tout instant, je peux être reconnu, démasqué. (J'ai d'ailleurs failli l'être par Julia Pradalié, qu'un accident providentiel a fait disparaître à point nommé. Cela aussi, l'enquête vous l'apprendra.) Mais que je meure et personne ne saura jamais que je me suis substitué, pendant quelques mois, à Bernard. Ce tour de passe-passe lui rapportera des millions. »

Je brûle de fièvre. Pour un peu, je claquerais des dents. Mais j'ai presque fini. Juste un dernier effort.

« ... *Voilà la vérité, Monsieur le Procureur. Vous n'aurez qu'à fouiller le secrétaire de ma femme : les rapports de l'agence Brûlard, concernant la situation financière de Bernard, sont cachés derrière un tiroir, ainsi que la photographie remise par Agnès à sa sœur. Bien mieux, vous n'aurez qu'à ordonner l'autopsie de mon cadavre ; vous aurez la preuve que je ne mens pas. Un dernier mot : je voudrais que la Justice soit indulgente pour Hélène. C'est la peur de la pauvreté qui l'a poussée. En d'autres circonstances, elle n'aurait pas osé agir comme elle l'a fait. Mais, en ce moment, que vaut une vie humaine ? Et surtout la mienne, Monsieur le Procureur. Je ne dis pas qu'elle a raison de me tuer. Pourtant, elle n'a pas tout à fait tort. Qu'elle sache bien que je n'ai pas été dupe. C'est tout ce que je souhaite.*

« Veuillez agréer, Monsieur le Procureur, l'assurance de mes sentiments très distingués. »

Gervais Laroche,
« Les Marronniers »
Sainte-Foy (Rhône).

Je n'ai pas le courage de regagner le bureau, d'ouvrir le secrétaire, de chercher une enveloppe. J'écrirai l'adresse demain. Je durerai bien jusque-là ! Je remets la lettre à sa place. Je me hisse sur la pente vertigineuse de l'escalier. Quand Hélène ouvre la porte, j'ai l'air de m'éveiller. Je bâille.

« Tu as bien dormi ? demande-t-elle.

— Ma foi oui... Où étais-tu ?

— En bas. »

Pauvre chérie, elle n'est quand même pas de force. Je souris le premier. Je lui tapote la main. Pour le moment, la peur a reculé. Elle reviendra plus tard, à l'heure du déjeuner.

« As-tu faim ? questionne-t-elle.

— Non.

— Je t'ai préparé de la purée. »

C'est un plat qui semble avoir sa préférence. Est-ce la purée qui ?...

« Tu en mangeras ?

— J'essaierai. »

J'essaie, en effet, les tempes moites. Je renonce aussitôt.

« Tu as tort, dit-elle. Je la trouve excellente. »

Et elle la mange, sous mes yeux. Ce n'est donc pas cela. Alors qu'est-ce que c'est ?... L'eau ? La compote ? La tisane ? Elle me regarde, de ses yeux gris, un peu voilés, où je crois discerner je ne sais quel improbable reflet de compassion. Déjà nous discutons sur le menu du soir.

« Ce que tu voudras », dis-je, incapable de me battre plus longtemps.

La nuit est mauvaise. Des coliques me déchirent. Ma bouche s'emplit d'une salive plus âcre que du fiel. Le jour vient, brouillé, lugubre. Je le vois à peine. Je suis, sur mon lit, comme un sarment qui craque et se tord sur la pierre du foyer.

« J'irai chercher le médecin tout à l'heure », propose-t-elle.

J'incline la tête. Je ne veux plus parler. Mais ma volonté demeure intacte ; le poison est sans effet sur elle. Quand les douleurs se calment un peu, je m'incline sur le flanc pour regarder la pendule. C'est elle que je maudis. Hélène s'éloigne un moment. La scie commence à grincer dans le bûcher. Le bonhomme est là. Hélène revient.

« Peux-tu rester seul un quart d'heure ?

— Oui.

— Alors je vais chercher le médecin. »

J'attends un peu. Enfin, j'entreprends une dernière sortie. Ah ! cet escalier ! qu'il est long ! qu'il est raide ! Il faut que j'aille jusqu'au secrétaire. Les murs ondulent. Mes poumons font un vacarme qui emplit la pièce. Je touche au but. J'écris.

Monsieur le Procureur de la République,
Palais de Justice
Lyon.

J'ai la langue tellement sèche qu'elle n'arrive pas à humecter le bord de l'enveloppe Je trempe mon doigt dans un vase qui contient trois chrysanthèmes. La lettre à la main, je voyage jusqu'à la cuisine. Par la fenêtre, je vois le vieux qui coupe les bûches. Il ne m'entend pas. La sciure fait deux petits tas blonds et cette image, tout à coup, me bouleverse. La moindre émotion me fait haleter. Derrière le carreau, je contemple la sciure, la bûche moussue dont la tranche brille. J'aimais donc tellement la vie ! Le vieux manie la scie avec adresse. Elle va. Elle vient. Elle chante. Mon front s'appuie à la vitre. Je ne vais tout de même pas flancher maintenant... La bûche s'effondre, roule en deux tronçons égaux qui portent encore des traces argentées de limaces. Le vieux se redresse, s'essuie le front. J'entrouvre la fenêtre.

« S'il vous plaît ? »

Il s'approche. Je lui tends la lettre.

« Mettez-la à la poste quand vous partirez. Sans faute, hein ?

— Mais Madame...

— Ne vous occupez pas d'elle. Vous n'avez même pas à lui en parler.

— Il n'y a pas de timbre.

— Ça ne fait rien.

— Bon, dit-il sans conviction.

— Fourrez-la dans votre veste... tout de suite.

— Bon. »

Je referme la fenêtre. Je ne pense plus à rien. Un instant plus tard, Hélène revient.

« Le docteur n'est pas chez lui, Bernard. Je suis désolée... Mais demain... »

Elle ment. Elle a sans doute décidé d'en finir aujourd'hui. Le médecin arrivera quand je serai mort. Il secouera la tête, écartera les bras et signera sans hésiter le permis d'inhumer. La lettre aura été distribuée, pendant ce temps. Comme je suis calme, maintenant ! Hélène me monte une infusion. Elle me soutient. Ma joue repose sur sa poitrine.

« Bois, mon chéri. »

Sa voix n'a jamais été aussi tendre. Elle remue la cuiller, soulève la tasse jusqu'à mes lèvres. Ses gestes sont doux, fraternels. Je bois docilement. Elle m'essuie la bouche, m'aide, avec quelle sollicitude, à me recoucher, se penche sur moi. Ses doigts effleurent mon front, pèsent à peine sur mes paupières. Je ferme les yeux.

« Tu vas te reposer, mon petit Bernard, souffle-t-elle.

— Oui, dis-je, je vais dormir... Merci, Hélène. »

Achevé d'imprimer en mars 1983
sur les presses de l'imprimerie Bussière
à Saint-Amand (Cher)
pour le compte de France Loisirs
123, boulevard de Grenelle, Paris

Numéro d'éditeur : 7909. — Numéro d'impression : 612.
Dépôt légal : mars 1983.